JN274100

ネコと読む『徒然草』
しんどい世の中を楽に生き抜くための60の教え

人生つれづれニャるままに

兼好法師

講談社ビーシー・講談社

第2章　時間と人生、人間と生き方……43

人生、つれづれニャるままに

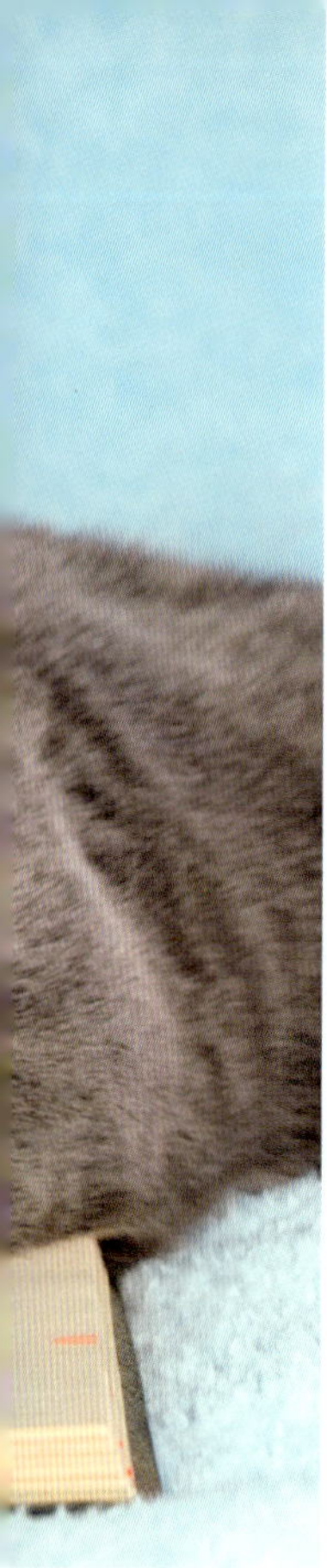

あの妙な気分ってなんだろうね

退屈な時にひとりで1日中ぼんやりしながら、硯《すずり》に向かって心に浮かんできた他愛ないあれこれを、ただとりとめなくダラダラと書いたりしていると、なんだか妙におかしな気分になってくる。

（序段）

一口メモ

兼好法師が『徒然草』を誰に向けて書いたのかは、全く不明です。ただ、第238段を参考にすると、金《かね》沢《さわ》貞《さだ》顕《あき》とその子の顕助《あきすけ》、顕助の実弟貞助《さだすけ》の関係の説明を省いて簡潔に記していることから、この3人の関係がすぐに分かる人々（同時代の知識層）に対して書いたのかもしれないと指摘する人もいます。

つれづれなるままに
行こう

本書は兼好法師が14世紀に記した『徒然草』全２４４段（序段含む）のなかから、特に今の時代の生き方に通じる「段」を選《よ》りすぐって現代語訳し、「つれづれなるまま」に生きる猫たちの写真とともにまとめたものです。辛く厳しい現代を少しでも楽に生きるヒントとなれば幸いです。

ブックデザイン……日下潤一＋赤波江春奈

第1章

男と女、生と死

必死に恋して、
それを見せないで

「イイ男」って難しい

どんなことでも立派にうまくこなせたとしても、恋愛に興味がない男というのは、それだけで人としてえらく物足りないものです。

まるで「玉」でできている杯《さかずき》の、底が抜けてしまっている感じ。理想の女性《ヒト》を求めてさまよい歩き、露《つゆ》や霜《しも》に濡れそぼって、親に怒られ、周囲や世間からも罵られて、あれこれ思い乱れて、それでも「この女性《ヒト》だ！」と言えるような相手に巡り会えずに、結局ひとりで寝ることが多くなってるような、そんな男こそ面白いでしょう。

まあそうは言っても、ひたすら女好きでそれに耽溺《たんでき》するようなタイプではなく、女の人から「この人は軽くあしらえないわ」と思われるくらいが望ましいやり方なのでしょうけれど。

（第3段）

人生に「深み」を持たせるには

「自分が死んだらどうなるか」ということを常に忘れず、仏教についても、うとくない人、というのはいいですよねぇ……。

（第4段）

一口メモ

『徒然草』は歌人・正徹《しょうてつ》（室町時代中期、兼好法師の生きた時代の約80年後の人物）が賞賛するまで全く世に知られていませんでした。その後は、公家・武家・僧侶のための簡単な作法説明書として読まれました。因《ちな》みに「徒然草」という表記が一般的になるのは江戸時代以降で、室町時代までは「つれ〳〵種」と表記をしていました。

「死」を想おう

いい匂いには
かなわない

「上っ面だけ飾るなんて」と言われましても

世の中に人の心を惑わすものはいろいろあるけれど、その中でも「色欲」はピカイチです。人の心はホント愚かですよね。例えば「香り」などというものは上っ面を飾っただけのもので、しばらく服に香を薫《た》き込んで仕込んだだけなのだとわかっていても、それを嗅いだら必ず胸がドキドキするんです。

「修行を積んだ仙人が、洗濯している女子の白いふくらはぎを見て神通力を失ってしまった」、なんて話もあるくらいで。まあ手足が清楚で、しかもちょっとふっくらしているのは、それはもう「上っ面の美しさ」とは言えないから、仙人でさえ惑ってしまったというのは仕方ないことでしょうけれども。

（第8段）

くれぐれも
「愛」には慎重に

異性の視線にとらわれると……

今どきは「髪が長くて素晴らしい」という女性が注目を浴びるようだけど、そういった外見でなく、人柄や気立てというのはその人がなにか話している様子でわかるものです。それは直接目の前で会うといった形でなく、御簾《みす》や几帳《きちよう》を隔てていても自然と伝わってきます。

また、ちょっとしたしぐさで男をドキドキさせるような女性が、夜ぐっすりと眠るわけでもなく、自分を惜しいとも思わず、辛い仕打ちにだって耐えられるのは、ひたすら「異性に自分をよく見せよう」という思いにとらわれているからでしょう。

「愛欲への執着」というものの根源って、ホントに深くて遠いですよね。世の中に欲望を刺激するものはあれこれと多いけれど、そういったものは全部避けたり退《の》けたりすることができるでしょう。でもただひとつ、「愛欲の迷い」だけは止められません。

これは老若賢愚みんな同じです。だからこそ、女の髪の毛で作った綱はゾウでさえ繋《つな》ぎ止められるし、女が履いた下駄で作った笛の音には秋の牡鹿が寄ってくる……なんていう言い伝えもあるんですね。

自分で自分を戒めて、怖れて慎まなければいけないのは、この「愛欲の迷い」があるからなんですな。

（第9段）

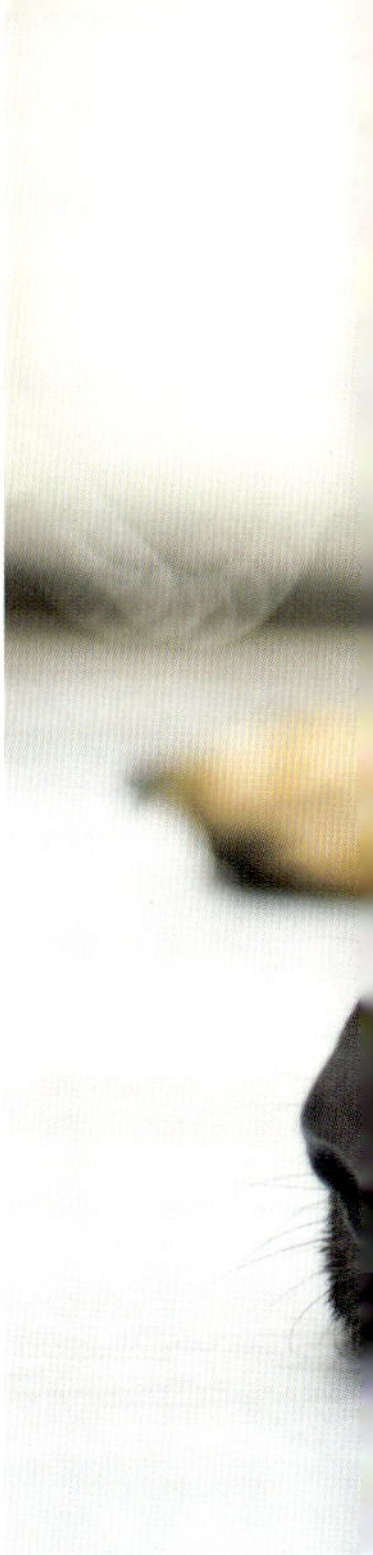

旅に出ると、「いいもの」がよりよく見える

離れた場所にいると気を配るようになる

どこであろうと、ちょっと旅に出るのは、目が覚めるような、新鮮な気持ちになりますよね。泊まる宿の周りをあちこち見物して回ると、田舎っぽい場所や山里など、見慣れないところが多くて楽しい。旅先で故郷が気になって、「あれをやっておいてね、都合のいいときでいいからさ、忘れずに」などと連絡したくなるのも面白いです。そんなところだからこそ、どんなことにも気を配るようになるんでしょう。

そういう時って、持っている道具まで「いいもの」はよりよく見えるし、才能がある人やルックスがいい人は、いつもよりいっそう際立って見えます。

お寺や神社にこっそり参内するのも面白いものでお薦めです。

（第15段）

いつやるの？

なんとかっていう世捨て人が、「家族も財産も社会的地位も持っていないわたしのような人間にとっては、ただただ過ぎ去っていく時間だけが【惜しい】と感じるものだ」と言っていたのだけど、これは本当にそのとおりだと思う。

（第20段）

一口メモ

『徒然草』は、松永貞徳《まつながていとく》（1571～1654）が『慰草』の跋文《ばつぶん》で「慶長の時分より世にもてあつかふこととなれり」と記したように、慶長年間（1596～1695）を境にさらに広範に読者を獲得します。知識人にとっては儒教・仏教・道教の関係を考えるため、商人や富豪にとっては処世譚《たん》として読むなど、様々な読み方がされるようになったのです。

何も持たない人が
惜しむのは

自分の持ってるもので
勝負しよう

字が汚いからといって

字が上手くない人が、そのことを気にせずに「あちこち手紙を書く」というのは、とてもよいことです。そういう字の汚さを恥ずかしがって誰かに代筆させることこそイヤミなものですよ。
（第35段）

一口メモ

『徒然草』も読者を多く獲得するにつれて、絵画化されました。これを、『源氏物語』や『伊勢物語』を絵画化した「源氏絵」「伊勢絵」にならって、「徒然絵」と呼びます。有名な海北友雪《かいほうゆうせつ》による『徒然草絵巻』や渡辺崋山《わたなべかざん》筆『徒然草屏風《びょうぶ》』などがあり、それらが広まることでさらに多くの人々に知られるようになっていきました。

ふとしたキッカケで見直したり仲良くなったり

普段仲良くしている人が、ちょっとした時にこちらを気遣ってカチッと礼儀正しく接してくれるのは、「今さらそんなふうに接することもないのに……」という人もいるかもしれないけれど、やはり誠実で立派なことだと思う。

逆に、そんなに親しくなかった人が、ふと打ち解けた冗談なんかを言うのも、それはそれでいい印象が与えられるに違いありません。

（第37段）

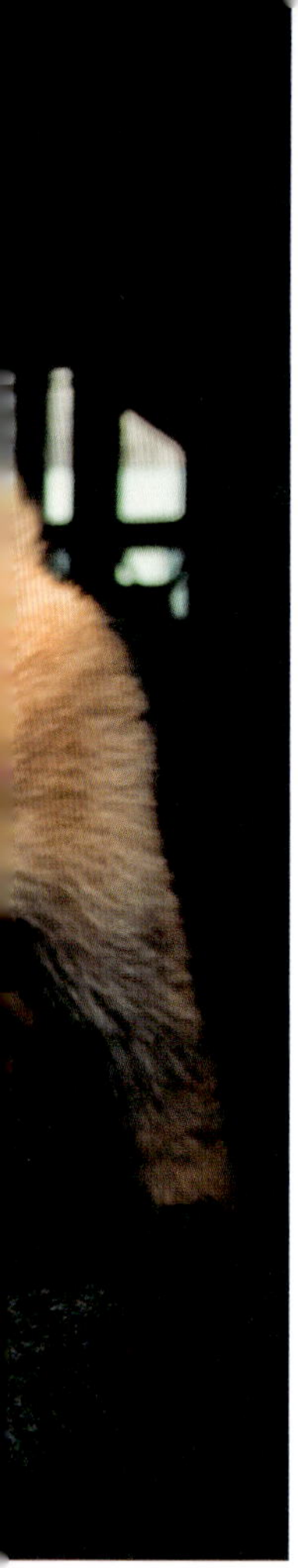

親しき仲にも

寝たい時は寝よう

ある人が法然上人《ほうねんしょうにん》に「念仏を唱えている時に、眠くて眠くて修行を怠ってしまうことがあるのですが、どうすればよいでしょうか」と申し上げたところ、上人は「目が冴えてる時に唱えればよろしい」と答えられたのですが、たいそう尊い人の言うことはさすがですよね。

また、上人は「極楽浄土に生まれ変わるのは、確かだと思えば確かだし、不確かだと思えば不確かなのです」とも言われた。

これもまた尊い。

そして、「極楽浄土に生まれ変わることができるかどうかと疑いながらでも、念仏を唱えていれば極楽浄土に生まれ変わることができるでしょう」とも言われた。これもまた尊いことですよね。

（第39段）

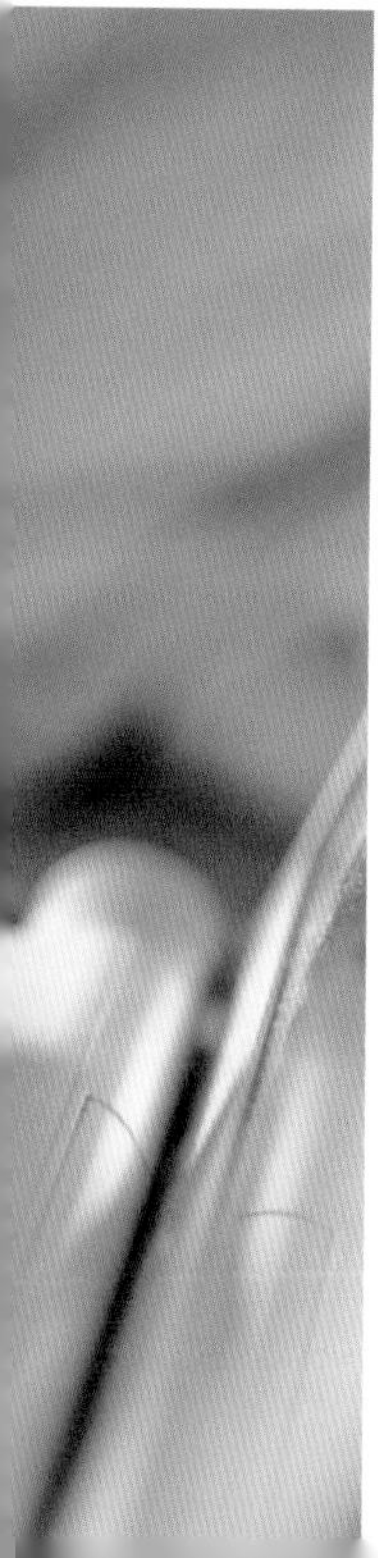

仕事中に
眠くなったら

ギリギリまで動かない人って

年をとってからいきなり「仏道修行」をしようとしてはいけません。そういう人は、思いがけず病気になって、もう助からないかもしれない……となった時に初めて、これまでの人生を悔いることになります。そういう人の間違いは、急いですべきことを後回しにして、後回しにしてもいいことを急いできたことです。

人はただ、いつも「死」が自分にも肉薄していることを心にしっかりと刻んで、それを一瞬も忘れてはなりません。そうすれば現世に執着することもなく、仏道に励む心も真剣になるでしょう。

（第49段）

急ぐこと、
のんびりやること

自分の話は後回し

おおぜいの前で話すコツ

長く離れていて久しぶりに逢った人が、自分の身の上話をずっとあれこれ話し続けるのは、つまんないですよね。たとえどれだけ仲がよくても、久々に逢ったのであれば多少は気を遣うべきでしょう。二流の人は、ちょっと出かけただけで今日あったことを息継ぐ間もなく立て続けに話して喜んだりしますよね。いっぽう一流の人が話すと、どれほどそこにたくさん人がいても、その中のたったひとりに向けて話しているようで、自然とそれにみんなが耳を傾けるようになります。

人のルックスや教養についてあれこれ論評している時に、自分のことを引き合いに出すのは、ホント耐えられないですよ。

（第56段）

内輪ネタはカッコ悪い

最近流行になっている珍しい事柄を率先して言いふらしたりもてはやすのは、感心しません。世の中で言い古されるくらいになってから初めて知るくらいな人のほうがよほどいいです。新参者がいるところで、古参同士が言い慣れた話題について訳知り同士で言い合ったり、目配せして笑い合ったりして、それが分からない人を不安がらせるのは、世間を知らない、教養のない人がよくやることです。

（第78段）

流行には鈍感くらいが
ちょうどいい

「真似」でいい

悪人のフリより賢い人のフリを

人の心というのはもともと素直ではないので、「偽り」もないことはない。けれどたまに正直な人だっているし、自分が素直でなくても、ほかの人の賢い姿を見て羨ましく思うのは普通のことです。逆に最も愚かな人というのは、賢い人を見かけるとその人を憎んで、「大きな利益を得ようと小さな利益をいらないと言い、見栄を張っていい評判を得ようとしている」などと非難したりします。

自分の考えが賢い人と違うために、こうした中傷に走ることになる。こういう最低の愚か者は、どんなことをしても本性は変わらないし、たとえ偽りであっても「小さな利益」でさえ捨てられないし、仮にであっても賢い人を真似ることさえできません。

「狂人の真似だ」と言って都大路を走り回れば、その人は狂人です。「悪人の真似だ」と言って人を殺せば、その人はもう悪人です。名馬を真似る馬は名馬であり、よい政治家を真似る政治家はよい政治家と言えるでしょう。たとえ偽りであっても、賢い人を手本にして学ぶ人のことを「賢い人」と呼ぶべきなのです。

(第85段)

慌てん坊だと損をします

「山奥には猫またという妖怪がいて、人を食うそうだ」

「いやいや山でなくここらへんでも、猫が年をとって賢くなり猫またになって人を襲うことがあるらしいぞ」

そんなやり取りを行願寺《ぎょうがんじ》というお寺の近くに住む何とか阿弥陀仏とかいう名の連歌師の法師が耳にして、一人で出歩く時は注意していたそうです。

ちょうどその頃、その法師が夜更けまで連歌をたしなみ、一人で帰っていると、小川のほとりで噂に聞いていた猫またが足元に寄ってきて、そのまま飛びついて首のあたりに噛みつこうとしてきました。法師はなにしろ驚いて、防ごうとするがうまく力が入らずに足も震えて、小川に転げ落ち、

「助けてくれ！　猫まただ！　猫またが出た！」

と叫んだものだから、近所の人が松明《たいまつ》を持って駆けつけて、

「いったいどうされたんだい」

と言って川の中から抱き起こすと、法師が持っていた連歌の景品である扇や小箱はびしょ濡れになっており、法師自身もほうほうのていで自分の家に逃げ帰っていきました。

どうもあとから聞いてみると、これはその法師の飼っていた犬が、暗いけれどご主人だとわかって飛びついてきたことを、法師が勘違いしたということでした。

（第89段）

猫と犬を間違えたら
いけません

いつも崖っぷちな
気持ちで

「怠け心」は忍び込む

ある人が弓術を習っている時に、二本の矢を持って的に向かうと、師匠が「初心者は矢を二本持っていてはいけない。二本目をあてにして最初の矢をおろそかにしてしまう。常に、矢はこの一本しかないと思え」と言ったという。たった二本、それも師匠の前で、一本目をおろそかにする人なんているでしょうか。つまり、「怠けよう」という気持ちは自分自身ではなかなか気づかないけれど、師匠から見ているとわかるものなのでしょう。こういった教訓は、あらゆる事柄に通じるはずです。

仏道を修行する人でも、夕方には「今やらなくても明朝があるだろう」と思うものだし、朝になると「今やらなくても今夕やればいい」と思うもので、誰しも「そのうち時間がある時に改めてやろう」と思っています。修行している人でさえこういう有り様なのだから、一瞬の合間に怠け心が潜むものだと自覚するのは、とんでもなく難しいことです。思い立った瞬間にすぐ実行するのは、途轍《とてつ》もなく難しいことなのです。

（第92段）

迷ったら、やらない

いつでも新人の気持ちに帰れるように

もう隠居している尊敬すべき僧が言っていたことを、『一言芳談』という本を見て、共感してメモしておいたもの。

◎　やろうか、やらないでおくか、迷うようなものは、たいてい「やらないでおく」のほうがよい。

◎　「来世は穏やかで幸せに暮らしたい」なんて願うなら、漬け物の瓶ひとつ持ってはいけない。経典や仏像でさえも、立派なものを持っているのはよくない。

◎　引退した人間は、物がなくても不自由しない方法を心がけて暮らすのが最高。

◎　上司は部下に、賢い者は愚か者に、金持ちは貧乏人に、才能のある者は無能な者の立場に、たびたび帰るべきだ。

◎　仏道を願うというのは、いってみればヒマな時間を作って、世の中の出来事に無関心でいるということだ。

このほかのことは覚えてません。

（第98段）

兼好法師について

『徒然草』を執筆した兼好法師は、鎌倉時代末から室町時代初めに生きた歌人です。しかし、彼が、正確にいつ、どこで生まれたのかはよく分かっていません。つい最近まで、京都の吉田神社の神官家の出身で、大僧正慈円《じえん》とは兄弟であるとされていました。しかし現在では、それは戦国時代にねつ造されたものであると判明しています。

ただ、『徒然草』の内容から、兼好はある時期に内裏に滝口（禁中警備の武士）などとして出仕していたことは明らかです。

また、鎌倉幕府の北条氏一門、金沢貞顕の家臣である卜部《うらべ》兼好という人が、延暦八（1308）年に京都の六波羅探題南方であった貞顕の使者として、京都から金沢の称名寺（現在の横浜市金沢区）に赴いた、との記録があります。この卜部兼好という人物が、後の兼好法師であるとされています。つまり、内裏勤めから武士の家臣へと転職をしているんですね。

なお、ここから逆算すると、兼好は弘安一〇（1287）年までには生まれていたと考えられます。正和二（1313）年に山科《やましな》小野荘（京都市山科区）の土地を購入した際の売券に「兼好御房」とあることから、それ（20代中盤？）以前に出家していています。そして、大臣家である堀川家などに侍《さむらい》法師《ほうし》（警護や雑務をする法師）として仕えたようです。その後勅撰集に入集し、歌道師範家の二条為世《にじょうためよ》の知遇を得て、二条派の門弟となり、後に「和歌四天王」と称され、貞和五（1349）年頃に『兼好法師集』を編みました。観応三（1352）年八月の、二条良基《よしもと》の百首歌を採点したというのが、兼好の生存が確認される最後です。

第2章

時間と人生、人間と生き方

いつも「最期の1日」
のつもりで

お金だったら惜しむのに、時間だったら惜しまないのは

ほんのわずかな時間に対して「あー、無駄にしてしまった」と惜しむ人はいません。これは、時間の価値をよく知っているからなのか、それとも愚かでその価値がわからないからなのか。

愚かな怠け者のために言うと、これがもし「わずかなお金」であれば、それが積み重なるとお金持ちになれるし、だからこそ商売人は、そういうわずかなお金を大事にします。これと同じで、「わずかな時間」というのは、普段は意識しないものですが、これを積み上げていくと、あっというまに死期がやってきてしまいます。もし今日、誰かがやってきて「お前の命は明日までだ」と言われたなら、その1日、何をあてにして、何に励んですごすのでしょう。私たちが普通に生きている今日という1日も、そのような1日と何も変わりません。

人は誰でも、1日のうち、食べたり飲んだりトイレに行ったり、寝たり話したり歩いたりと、やむをえないことで多くの時間をすごしています。残りの時間はわずかなのに、多くの人は無駄なことをして、無駄なことを言って、無駄なことを考えてすごします。それどころかそれに1日を費やし、何カ月も費やし、ついには一生を無駄にすごすのは実に愚かなことでしょう。

（第108段）

「負けぬ」が勝ち

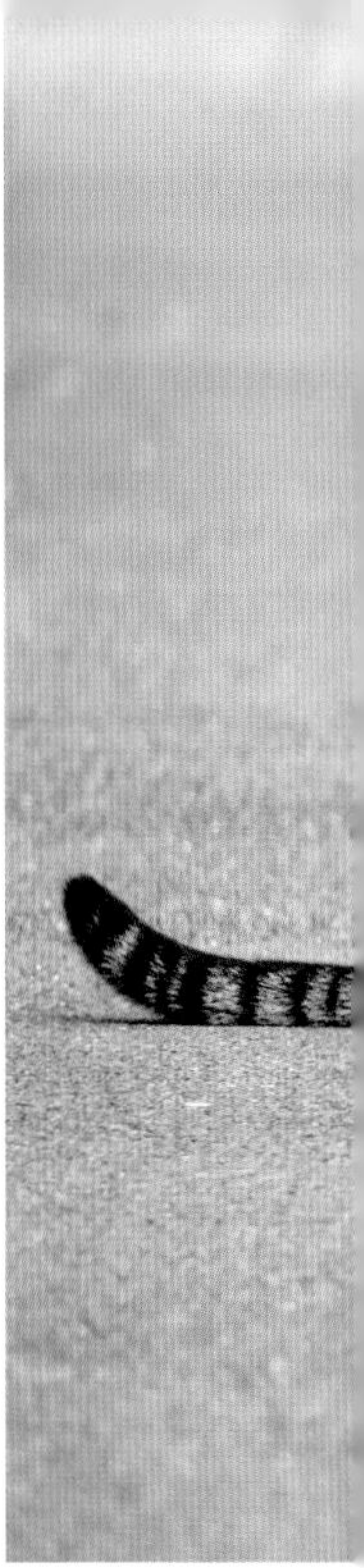

負けないように打つ

スゴロクの名手と言われた人に必勝法を尋ねましたら、「勝とう、勝とうと思って打つのはよくないね。負けないように打つのがいい。どの手を打つと早く負けてしまうかを考えて、その手を使わず、負けをほんの少しでも遅らせられるかを考えるんだよ」と言っていました。

これはその道をよく知っている者の教えであり、自分自身をよく律し、ひいては為政者として国を統治する道も同じなのでしょうね。

（第１１０段）

「みっともなさ」にご用心

ひっそり恋するのは仕方ないけど

40歳を過ぎた人が、時々ひっそりと恋にひたるのはまあ仕方がないとしても、それをわざわざ口に出して、男女の情事や、周囲の身の上話までも面白おかしく語るのは、実に不似合いでみっともない。

また、老人が若い人に混ざってその場を盛り上げようとして何か言うこと、それほど仲良くもないのに人望のある知り合いのことをさも親しげに話すこと、貧しい家なのに酒宴をしたがり、招待客をもてなそうと派手に振る舞うこと。こういうことは、本当に見苦しい。

（第113段）

見慣れない文字を使いたがるのは

「何かに名前を付ける」ということに対して、昔の人は無駄に凝ったりしないで、ただありのまま素直に付けたものでした。でもこの頃はあれこれ考えて、学才をひけらかそうとするのがとてもみっともない。子供の名前にしても、見慣れない珍しい文字を使おうとするのは、バカバカしいことです。

どんなことでも、珍しいものをわざわざ探し出して、変わった話にしたがるのは、浅はかな人にありがちなことです。

（第116段）

キラキラネームを
付けたがるのって

悪い友、いい友

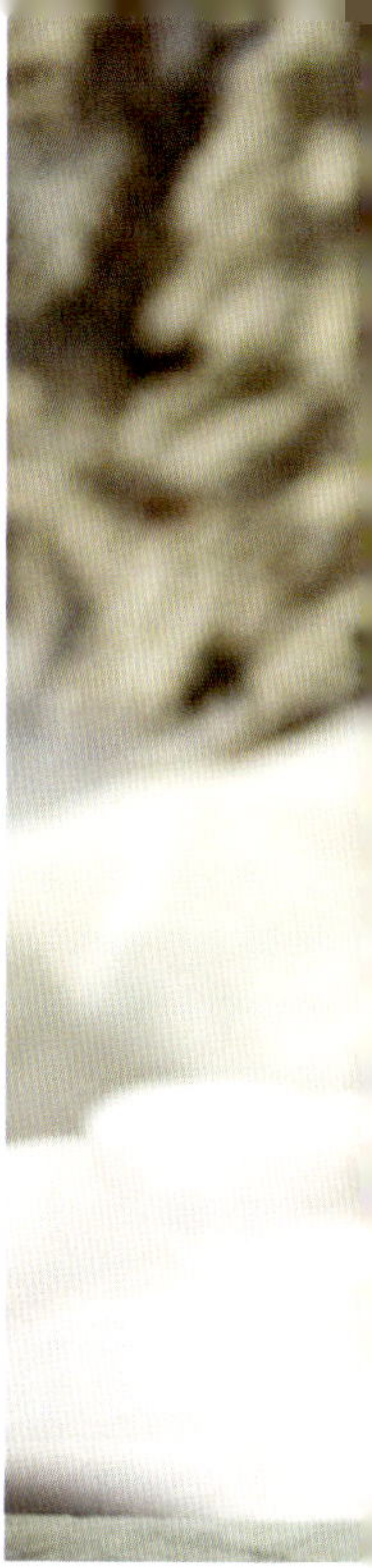

奢《おご》ってくれて、医者で、賢くて

友人にするには「悪い人」が7つあります。第一は高貴な人、第二は若い人、第三は病気をしない元気な人、第四は酒飲み、第五は勇猛な武者、第六は嘘つき、第七は欲深い人。いっぽう友人にするのによい人は3つです。第一にものをくれる人、第二は医者、第三は知恵がある人。

（第117段）

一口メモ

明治期の教科書や教育制度が「古典」を形成していく流れの中に『徒然草』もあり、中等教育の国語の教科書への収録数も多く、旧制高等学校の入試問題にも頻繁に出題されました。その流れが現在まで続いており、『徒然草』は身近な「古典」になっていると思われます。

ないものねだりにご用心

高価な舶来品は、薬を除けば、別になくても不自由しないだろう。本ならこの国にはもう数多く流布しているので、その気になれば筆写することもできる。外国船が危険な航路を、さして実用というわけでもない品々をたくさん積み込んで次々に行き来しているのは、実にバカげた話です。

「遠くにあるものは宝物としない」だとか、あるいは「手に入りにくいものは尊ばない」と、古典の本文にも書かれているのに。

（第120段）

手に入らないものは
ありがたがらない

「動物を飼う」ということ

「動物を飼う」というと、まず馬・牛ですね。繋いでおくのは哀れだけど、なくてはならないものなので、これは仕方ない。また、犬は家を守るし泥棒を防ぐ。その働きは人間よりも優れているのだから、必ず飼うべきです。ただ犬はたいていどの家にもいるものだから、わざわざ探し出して飼うほどのものではありません。

そのほかの鳥や獣は、すべて無用です。本来、野を走っているはずの獣が檻《おり》に繋がれ、空を飛んでいた鳥が翼を切られて籠《かご》に入れられ、自由な空の雲に恋をし、あるいは野山を偲《しの》ぶ悲しみを思うと、心が休まることはありません。その嘆きについて、「身につまされて耐え難い」と思う心があるならば、鳥や獣を飼って楽しむことなんてできないはず。命あるものを苦しめて、あまつさえそれを見て喜ぶというのは、古代中国の暴君の拷問のような残酷さと同じです。中国の文人が鳥を愛したのは、それらが林の中を楽しそうに飛び回っているのを見て、散歩の友としていたからであって、捕らえて飼ったわけではありません。

だいたい「外国から献上された珍しい鳥や変わった獣は、国内で飼育すべきではない」と、古典にもありますしね。

（第121段）

犬を飼おう

潮時を察知せよ

「博打でボロ負けして、あとはもう何もかも賭けてしまえ、となっている人に会ったら、そういう人と博打を打ってはならない。今度はその相手のほうに勝つ運気が到来しているかもしれないし、そういう潮時を知る人のことを、優れた博打うちというのだ」と、ある人が言っていました。
（第126段）

一口メモ

現在、兼好法師は『徒然草』（随筆）の作者として有名ですが、彼自身は歌人としての意識が高かったはずです。『続千載集《しょくせんざいしゅう》』以下の勅撰集に十八首入集し、頓阿《とんあ》・浄弁《じょうべん》・慶運《けいうん》とともに「和歌四天王」と称されていました。ただその評価は四人の中で一番低かったようです。

ギャンブルのコツ

そのままでいい

変え時、変えない時

変えたところで無駄なことは、
変えないほうがいいですよ。
（第127段）

一口メモ

藤原俊成《としなり》が「源氏見ざる歌詠みは遺憾のことなり」と書いているように、歌人・兼好は、『源氏物語』を精読しており、『徒然草』からもその影響の大きさが伺われます。また、兼好自身も、『源氏物語』『古今集』『拾遺集』などを書写・校合する古典学者としての活動もありました。

人間らしさって、なに？

生き物を殺したり傷つけたり戦い合わせて、それを遊び楽しむような人間は、畜生と同類です。あらゆる鳥や獣、小さな虫まで、よく様子を観察してみれば、子供を愛し、親を慕い、夫婦寄り添い、嫉妬したり怒ったり、欲張りであったり自分を可愛く思って命を惜しんだりといったことは、ひたすら欲望に忠実であるぶんだけ人間よりもはなはだしい。そういうものたちに苦痛を与え、命を奪うことに対して、なぜかわいそうに思わないのでしょう。「命」に対して慈悲の心が起きないのは、それはもう人間ではありません。

（第128段）

あらゆる命を
大切に

病は気から

喜怒哀楽の感情は、だいたい見せかけの現象にすぎないものですが、それでも多くの人は、「それらは実際にそこに存在している」という思い込みにとらわれています。体を損なうよりも、心を傷つけるほうが、人の健康を脅かすものです。病気にかかることも、多くは心が原因といえます。病というのは、体の外からやってくることは少ない。汗を出すために薬を飲んでも効果が出ないことがあるけど、何かに恥じたり恐ろしい目に遭ったりすると、必ず汗が出ます。これもまた、心の働きといえるでしょう。

（第129段）

体よりも心が大事

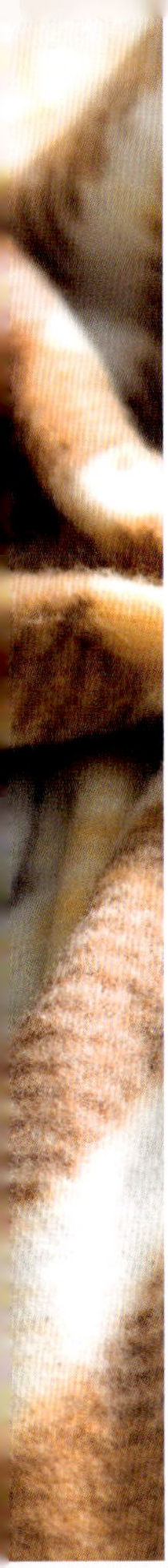

「礼儀」と「分際」

貧乏な人はお金を贈ることが礼儀だと考え、年老いた人は力を貸すことが礼儀だと考えるものです。しかし自分の「分」を知り、「これは自分の及ばないところだ」と思ったら、そうした行いをすぐに改めるのが知恵というものでしょう。もし相手がそれを許さないのであれば、それは相手が間違っているということだし、「分」をわきまえずに無理をするのは、自分の間違いなのです。

貧乏なのに「分」を知らないと泥棒を働くことになるし、力が衰えているのに「分」を知らないと病気になります。

（第131段）

無理すると
病気になるよ

遺産は残すな

生前相続のススメ

知恵のある人は、自分が死んだあとに財産を残すようなことはしません。ガラクタを溜め込んでいたら「みっともない」と思われるし、立派なものを残していたら「さぞこれらに執着したんだろうなぁ」と思われてむなしい気持ちになる。あれやこれやと遺産が多いことは、まして感心しません。「私がもらうべきだ」などと言い出す人がいて、亡くなったあとに争いが起こるのは本当に愚かなことです。「死後にこれを譲ろう」と思っているのであれば、生きているうちに譲ればよいのです。

朝夕なくてはならないものなら仕方がありませんが、それ以外は何も持たないですませたいものです。

（第140段）

恥ずかしがってちゃ
上手くならない

へこたれずに打ち込んでいれば

これから技能や芸事を身につけようとする人は、とかく「下手なうちは誰にも知られないようにして、こっそり練習して上手くなってから披露しよう」などと言いがちですが、そういうことを言う人はたいてい何ひとつ身につかないものです。

まだ未熟な頃から、ベテランや上手な人たちに混ざって、笑われて貶《けな》されて、それでもへこたれずに練習していれば、生まれつきの素質がなくても上達していきます。油断せず愚直に練習を積んでいけば、素質はあるけれども努力をしない人よりも上手くなっていくし、風格も加わり、他の人からも認められて、並ぶ者のない名声を得ることになる。

「天下に並ぶ者なし」と言われるような名人も、最初は下手との評判やひどい欠点もあった。けれどそんな人でもその道のきまりを正しく守って、挫《くじ》けずに厳しく練習を繰り返したので、今では世間における指導者として、その「教え」を多くの人が授かることができるようになりました。

これはどんな世界でも同じであります。

（第150段）

笑われなくなったら気をつけよう

ある人が、「50歳になるまでに名人になれないような芸事は、スパッとやめたほうがいい」と言っていました。その歳ではもはや懸命に練習するほどの余生はないし、周囲は年老いた人が頑張っている姿を笑うに笑えない。それをいいことに、老人が大勢の人のなかで調子に乗っているのはみっともないと。

まあそれくらいの歳になったら、手持ちの仕事はやめてのんびりしているくらいが、見た目もよくて望ましい。世俗のことにとらわれて一生を過ごすのは、とても愚かな人がやることでしょう。知りたいと思うことは人から聞いて学べばよいし、大体のことを知ったら、その程度でやめておくのがよい。もっとも、最初からそのような望みは持たずにすむなら、それが一番でしょうけれど。

（第151段）

50歳くらいでリタイヤしよう

やる気が出なくても
机に向かおう

外見と心はつながっている

筆を持てば自然になにか書いてしまうものだし、楽器を手に取れば音を出してしまう。グラスを手にすればお酒を飲んでしまうものだし、サイコロを持てば博打がしたくなるものです。

人の心というのは、必ず何か物事に触れたことがキッカケで動くものであって、だからこそ「ちょっとだけ」と軽い気持ちでよくない遊びに手を染めるべきではありません。

ついちょっと仏典の一句を見ると、自然と前後の文章も目に入るものだし、そんな時に一気に長年の過ちを改めることだってあるものです。もしその時、仏典を見てみなかったら、その過ちを改めることもなかったでしょう。これがいわゆる「機縁を得た」ということの利益なんですね。

信仰心が起きなくても、とりあえず仏壇の前に座って数珠を手にとって、お経を眺めていると、怠けていても善行が実践できるし、集中できなかったとしても自然と悟りの境地に達するものだったりします。

「現象」と「真理」というのは、もともと別のものではありません。外から見える姿がキチンと整っていて道理に背いていなければ、内面の悟りもいずれ出来上がります。先ほどの仏前での振る舞いも同じで、それにいちいち不信を言い立てるよりも、敬って尊重するほうがずっといいことなのです。

（第157段）

噂話や他人のよしあしの評価は……

世の中の人って、お互い顔を合わせると、ほんの少しの時間でも黙ってることなくお喋りを続けますよね。必ず話をする。それで内容を聞いてみると、たいてい中身のない話だったりします。世間の噂話、他人の評価など、お互いにとって損することはあっても得する話ではまったくない。

そして何より、こういうお喋りをしている時は、話している当人はそれが無益であるということにまったく気がつかないものです。

（第１６４段）

お喋りは役立たず

期待しすぎず、やっていこう

人間がせっせと励んでいる仕事を見ると、日差しが暖かい春の日に、雪で仏像を作って、その仏像に金銀や珠玉の装飾をつけて、その上でお堂を建てて祀《まつ》るようなものに似ています。もしそれが完成したとしても、雪でできた仏像を安置し続けられるわけがありません。人間の寿命というのもこういった雪で出来た仏像と同じようなもので、あると思っていても足元から解けて消えていくようなものなのに、あくせく働いて未来に期待しすぎていることが多いものです。

（第166段）

仕事は「雪の仏像」を
作っているようなもの

優れている人は、
自慢しないもんよ

知らなかったら勉強すればいい

ある専門家が、自分の専門外のことに関して「あー、もしこれが自分の専門分野だったら、こんなふうに傍観していないのに……」と言ってしまうのは、よくあることですが、これ、実にくだらないものです。もし自分の知らない分野についてうらやましいと思うのなら、「あーうらやましい。どうして私は勉強しなかったんだろう」とでも言っておけばいい話でしょう。

自分の知識を持ち出して人と競争するのは、角のある獣がそれで相手に突きかかったり、牙をむき出して相手に噛みつくのと同じ程度の話なのです。

人間であるならば、自分の長所を自慢したりせずに、人と争わないことを美徳とするべきです。他人より優れている点があるのは大きな欠点だ、くらいに考えてみてはどうでしょう。家柄の高さや、芸事に長じていること、父祖が偉大であることなどについて、もしこれらを「他人より優れている」と考えているなら、それはたとえ声に出して言わなくても、心の中で大きな罪を犯しているのと同じです。

こういう話は深く用心して、長所であることを忘れ去るほうがいいです。そうでないと他人から愚かしく見られ、非難されてしまいます。災難に遭う原因は、ただただこの手の慢心にあったりするものです。

（第167段）

「いやー、もう忘れちゃったよ」くらい言ってほしいよね

優れた能力を持つお年寄りが、周囲から「もしこの人が引退したら、誰にこのことを尋ねていいかわからない」などと言われるのは、年をとるのも長生きすることも無駄ではないなぁと思わせてくれます。

しかしそうだからといって、その分野について年相応に衰えたところがひとつもないのは、「一生そのことだけに費やしてきたんだな」と思ってしまって味気ないものです。「今はもう忘れてしまったよ」くらい言いたいものであります。

一般的には、よく知っていることでも、それをやたらと周囲に吹聴していれば、「言うほどの能力はないんだな」と思われるし、自然と間違いも犯すでしょう。そういう時に「はっきりとはわかりません」などと言うのが、その道の大家だと思われる手法です。もし相当な年配で反論しがたいような人が、得意満面でよく知らないようなことを語っている場面に遭遇してしまい、しかも「そうではないだろうになぁ」などと思って聞いているのは、いやもうこれは本当にやりきれないものです。

（第168段）

うまく年をとろう

でも気の合う仲良しは話が別

特にこれといった用事がないのに誰かの家に行くのは、よくないことです。用事があったとしても、その用件が済んだらすぐ帰るのがいいです。長居はとてもわずらわしい。

人と対面していると口数も多くなるものだし、何より疲れて落ち着きません。多くのことに差し障りが出て、しかも時間が費やされてしまうのは、お互いにとって無益です。そうかといっていかにも気乗りしない様子で話すのもよくないので、かったるい場合はいっそそのまま「気乗りしないんだよ」と言ってしまうほうがいいでしょう。

ただ、お互いに「会いたい」と思っている人同士が、所在なさげに「もう少し居てくれませんか、今日はゆっくり話しましょうよ」などと言うのは、このかぎりではありません。

古代中国の阮籍《げんせき》という学者は、気の合う人だけを喜んで青眼で迎えたというけれど、そういうことは誰にでもあるはずです。そういう人がこれといった用事もないのにやってきて、のんびり話して帰っていくのは、実にいいです。また「長らくご無沙汰してまして」などと（それほど中身のないようなことばかり）書いてよこしてきたとしても、それが気の合う人だったらたいそう嬉しいものです。

（第170段）

用もない長居は
みんなが迷惑する

『徒然草』について

『徒然草』は、序段+243段からなる、兼好法師によって書かれた随筆です。その成立年は、はっきりとは分かりません。元応元(1319)年以降元弘元(1331)年までのあいだに、何度かに分けて執筆・整理・加筆が行われたとしか言えません。

ちょうど、兼好が出家し、京都で様々な貴族や寺院の侍法師をし、勅撰集に入集し、歌人として名を挙げだした頃に書かれたものです。

当時、政治的には、朝廷と幕府の協調主義がとられていましたが、朝廷・武家ともに復古主義を掲げて、それぞれの理想が対立し、鎌倉幕府滅亡へと進んでいく時代でした。したがって、『徒然草』に何度もあらわれる「無常の嘆き」は時代を色濃く反映しているともいえるでしょう。

また、徒然草の内容は、仏教への関心や古典との付き合い方といったものから、倹約のすばらしさといった日常生活のこと、はたまた女性の魅力や異性との付き合い方といった色恋ざたまで様々なことをテーマにしています。

『徒然草』が、それまでの日本の文学と違うのは、平易な筆致ながら、先に挙げた日常的な話題からはじまって、論じているうちに普遍的な考察へと進んでいくところにあります。つまり、普遍的であるために、時代を経た現代の私たちにも共感が生まれるのです。そのような論じ方が兼好法師に可能だったのは、多くの歌集や物語、さらに儒教や仏教の経典などの様々な読書によって身についた教養の裏付けがあったからなのです。

第3章

老いと死に方、大切なものとそうでないもの

年を取ると知恵がつくけど、それって……

若い頃というのは、血気盛んで体力は有り余ってるんだけど、そのいっぽうで心は何かにつけて感じやすく、また性欲も盛んなものです。自分の身体を危険にさらし、自滅しやすいのは、砕けやすい「玉」を転がす姿に似ています。

華やかさを好んで財産を無駄遣いしたかと思えば、突然今までの生活を捨てて出家してしまったり、あるいは勇敢さに取りつかれて他人と競争したがったり、心の中で自分を恥じたり他人をうらやましがったりと、とにかく毎日ころころと性格が変わって落ち着きません。

いっぽう年老いた人は、気力も衰えていろんなことに淡白で、いい加減に付き合うようになり、感動することもない。心が自然と穏やかになるから無駄なこともしないし、自分の体を大事にするし、心配ごともそうそう背負い込まず、他人に迷惑をかけまいと思うようになる。

まあつまり、年を取って若い人より知恵が勝るということは、若い人が年寄りよりも若さや容姿が勝っているのと同じようなことなのです。

（第172段）

若い頃って
不安定よね

飲み過ぎ注意、
飲ませ過ぎ要注意

酔っ払いすぎるとまあ大変！

世の中にはよく分からないことが多い。何かあるたびにお酒を勧めてきて無理やり飲ませて楽しむ人がいるけれど、あれはどういうつもりなのか。飲まされた人が顔を歪めて眉をひそめ、こっそり酒を捨てて帰ろうとしているのを引き止めて、さらに強引に飲ませていくと、キチンとした人もついには狂人のような振る舞いをしだしてしまう。健康な人だってそのうち重大な病におかされた病人のようになってしまい、前後不覚となって倒れてしまう。祝いごとがある日などは、本当にひどいことになる。翌日は二日酔いで食事も満足にとれず、うめきながら寝転がって、まるで別世界に転生したように昨日の記憶がなくなり、公私の大切な用事をおろそかにすることになって、後日大きな問題になる。

人をこんな目に遭わせることは、慈悲にも欠けているし礼儀にも反している。こんなひどい目に遭った人は、悔しくて仕方ないのではないか。もしこれが「外国ではこういう風習があるらしいよ」と、他人事として聞いたとしたら、「なんて奇妙な文化だろう」と不思議に思うに違いありません。

（第175段①）

飲み方次第、場所次第、相手次第

このようにお酒というのは厭《いと》わしく思うものだけど、時々は酒を飲みたくなることもあります。

月の明るい夜や、雪の降った朝、桜の花の下でのんびり話をしながら盃を差し出したりするのは、より楽しみが増すやり方なのです。所在なく退屈な日にふと友人がやってきて、そんな時にお酒を飲むのも心が慰められるものです。

気軽に接することができない身分の高い人が、御簾《みす》の奥から御肴《おさかな》や御酒《おさけ》を、いかにも上品な仕立てで差し出される様子は、大変結構なものです。冬場に狭い場所で、何かを火であぶったりしながら親しい者同士が差し向かいで飲むのもとても面白い。旅先の仮小屋や野山で「何か酒の肴はないかな」などと芝に座りながら飲むのもいいね。

そういう場面でなら、とても嫌がっている人が周囲から無理やり飲まされる姿を見るのも、それなりによいものだなと思えます。身分の高い人が特別に「もう一杯どうですか、ほら盃の中身が少しも減ってませんよ」などとおっしゃるのも嬉しいものです。「仲良くなりたいな」と思っていた人が酔っぱらって上機嫌になり、それですっかり親しくなるなんてこともまた、嬉しいものです。

（第175段②）

桜の下でのんびり
飲むのは最高だ

「慎重」こそが
成功のもと

プロとアマチュアの違い

あらゆる専門家は、たとえ下手だったとしても、上手な素人と比べても優れた部分がある。それは、専門家は怠けず節制し軽率なことをしないのに対して、素人は勝手気ままであるということです。

これは芸事や仕事の話だけではない。普段の行動や配慮にしても同じで、たとえ不器用であっても慎重なのは成功のもとであるし、上手であっても勝手気ままなのは失敗のもとです。

（第187段）

何かを身につけたいと思ったら

ある人が子供に「学問を積んで世の中の道理を知り、説教をして生活できるようになれ」と言ったので、子供はそれに従い、説教師になるためにまず乗馬を習ったそうです。法会に招かれた時に馬に乗る際、落馬したらみっともないからでした。次に子供は早歌を習いました。法事の際に酒席に招かれ、そこで芸事のひとつも披露できないのはみっともないからです。この２つの習い事がようやく熟練の域に達してきたので、一層さらにうまくなろうと努力しているうちに、この子供は肝心の説教を習う時間がなくなり、年をとってしまいました。

この法師にかぎらず、世の中の人々の多くには、こういうところがあります。若いうちは何事につけても身を立て、大きなことを成功させたがり、技術や資格を修得し、学問を身につけようと遠大な計画を抱きながらも、のんびり構えて油断する。さしあたってやらなくてはいけない目の前のことに気を取られ、そのまま月日がたつと、どれもこれも成就しないまま年をとってしまいます。

そうならないためには、「主にやりたいこと」のなかでどれを優先すべきかよく比較して、一番大事なものはどれか決め、それ以外は断念し、ひとつのことに精進すべきなのです。１日の間でも、一時の間でも、多くの用事があるだろうけれど、少しでも有益なことに集中し、それ以外は脇に追いやって、重要なことをさっさとすべきです。「どれも放棄できない」と心の中で執着していては、結局ひとつのことも成就するはずがありません。

（第188段）

大切なものは
ひとつに絞れ

「人間万事、塞翁《さいおう》が馬」ということ

「今日はこれをやろう」と思っていても、急な用件が入ってそれで1日つぶれてしまったり、「人が来る」というから待ってたら突然来られなくなったり、そうかといえば約束もしていない人が突然来たり。あてにしていたことは外れて、思いがけないことがうまくいったり。面倒くさいなと思っていたことはスムーズに進み、楽ちんだと思っていたことが厄介ごとになる。

日々すぎゆくことは、前もって考えたようには進まないものです。1年のあいだも同じだし、一生のあいだもまた、同じ。世の中の物事というのはあてにならないものであって、この「あてにならない」と覚悟しておくことだけが真実であって、それは外れることがありません。

(第189段)

待ってる人は来ないのに、意外な人が尋ねてきたり

別居婚のススメ

「妻」というものこそ、男は持ってはいけません。「あの人はいつもひとりで暮らしていて」なんて言われるのは奥ゆかしいけれど、「誰それの婿になったんだって」だとか、「これこれの女を迎えて、一緒に住んでいる」なんていう話を聞くと、一気に幻滅させられてしまいます。これといった取り柄がない女を「すばらしい」と思い込んで連れ添っていたら、「そいつも取るに足らない人間だな」と思われてしまうものだし、もし本当にいい女と一緒ならば、「毎日、『わがいとしい仏さま』、と限りなく大切にしているんだろう」と思われてしまうものです。

どんな美人でも、ずっと一緒だと飽きるもの

ましてや、家の中をなんでも取り仕切ろうとする女は感心しません。子供が出来て大切に育てていると、嫌になります。男に先立たれたあと、その女が尼になって、それで老いさらばえた様子は、その男の死後まで恥さらしです。

どんなにいい女でも毎日一緒でいつも顔を合わせていたら、そのうち気に入らなくなって憎く感じるようになるでしょう。女にとっても中途半端な関係になるものです。これが別々に離れて住んでいて、時々女のもとに通ったりするのであれば、長年付き合っていても関係は続いていくものです。たまに訪れて、泊まっていったりするのは、それはもう新鮮な感じがするに違いありません。

（第190段）

声や匂いや音が、いっそう引き立つ

「夜にものを見ると、いまいち見栄えしない」などと言う人には失望してしまいます。

あらゆるもののきらめき、装飾や色味は、夜にこそよく映えるのです。昼は簡素で地味で、落ち着いた姿でもいいでしょう。けれど夜はきらびやかで華やかな恰好をしたほうがずっといい。人の様子も、夜の灯《あか》りに照らされた姿のほうが、立派な人はその立派さがより引き立ちます。人の声だって、暗い中で耳にする、気配りのある言い方に心が惹かれます。お香の匂いにしても楽器の音にしても、夜はすばらしい。

特にこれといった行事のない夜更けに、こぎれいな身なりをした人が参上する姿は、実によいものです。若くてお互いに好意を持って見ている者同士であれば、時間帯などは関係ないのだろうから、（夜更けのような）特に心を許してしまいそうな時間こそ、普段着とよそ行きの時の恰好との違いなく、身だしなみを整えておきたいものです。

立派な男が、日が暮れてから髪を洗って整えたり、女が夜更けになってひそかに席を外して鏡を手に取り、化粧を直してまた席に戻って来るなんていう姿も、よいものです。

（第191段）

「夜」のよさを味わおう

雰囲気があるし、おごそかです

神仏へのお参りも、あまり人がいない夜がいいですね。

（第192段）

神社もお寺も夜がいい

一口メモ

『徒然草』の最終段には、兼好の父との思い出が語られています。また、『兼好法師集』には母が亡くなった時の和歌がおさめられています。しかし、妻や子といった姿は、現在のところ記録がありません。もし家族、特に子孫がいれば、「兼好」という人の姿がもっと鮮明に残されていたかもしれません。

専門外のことは黙っていよう

愚かな人が「あいつの知恵はこの程度だな」と判断したとしても、まったくあてになるものではありません。

例えば凡庸だけど碁にだけは頭が働いて巧みな人が、賢いけれど碁は苦手な人を見て「こいつは自分よりも頭が悪い」と決め込んだり、各方面の職人が、自分の専門分野について世の中の人が知らないのを見て「自分は人より優れている」と思ったりするのは、大変な誤りでしょう。学問ばかりやってきた法師と、修行ばかり積んで教理に詳しくない法師とが、お互いに相手の能力を推《お》し量《はか》って「自分のほうが優れている」と思い込むのは、どちらも間違っています。自分の領域でないものについては、張り合ったりあげつらったりすべきではありません。

（第193段）

「思い込み」は
目を曇らせる

分かる人には
分かっちゃう

嘘ひとつでも、人はさまざま

「達人」が人を見る目は、少しも誤りがありません。たとえばある人が世間を騙そうとして嘘をついたとします。するとそれを素直に信じて、相手の言うがまま騙される人がいます。また、あまりに信じ込んで、そこに新しい嘘まで付け加える人もいます。そういう嘘をなんとも思わず無関心な人もいて、さらには不審に思い半信半疑で考え込む人もいる。「そうかもしれない」と思ってそのままにする人もいれば、分かったふりをして微笑んでいても、何も分かっていない人だっている。そして、自分なりに判断して「そうだろうな」と思っても、誤りが含まれているのではないかと怪しむ人もいる。嘘だと見抜いても口には出さず、「自分は分かっている」などとも言わずにそれを知らない人と同じようにしたままの人、この嘘の狙いを見抜いていて、その意図を重んじてあえて騙され、彼に協力する人もいます。愚かな人たちの「嘘」という戯《ざ》れごとひとつとっても、真相を知る達人を前にしては、こうしたさまざまな反応を見抜かれてしまう。洞察力がある人にとっては、道理に暗い我々は手のひらに置いた物を見るようなものなのです。

ただこうした判断によって、ある種の虚構を方便として使っている仏法に対してまで、世間の嘘と同じように扱ってはいけませんね。

（第194段）

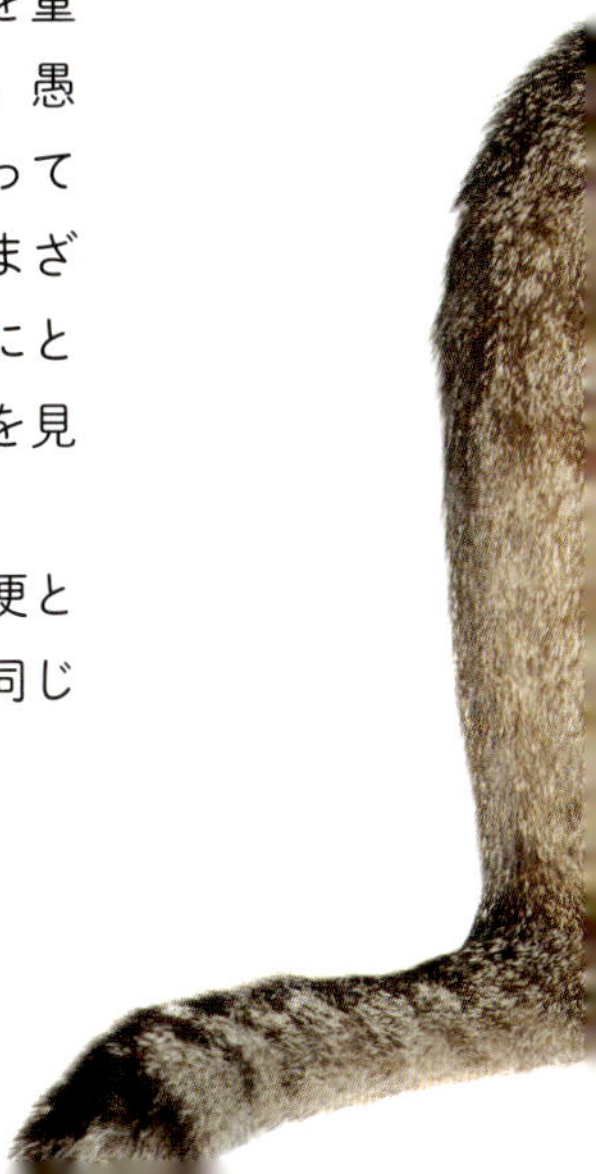

いつも動きやすくして
いれば傷つきにくい

頼りすぎると、不安定になる

世の中のあらゆるものは頼りにできません。愚かな人は何かに深く依存してしまうからこそ、恨んだり怒ったりすることになる。

たとえ権勢があったとしてもそれを頼りにはできない。強力な者から滅んでいくものです。財産が多くあったからといってそれも頼りにできません。お金などあっと言う間になくなります。学才があっても、徳を積んでいても、主君の寵愛も、従順な下僕も、人の好意も、誰かとの約束も、頼りにならないものなのです。

自分も他人も頼りにしなければ、順調な時は喜び、逆境に遭ってもそれを恨むことはなくなります。体を動かす時だって、左右に余裕があれば物に遮られることはありません。前後が離れていれば自由に身を置く場所がある。逆に周囲にものがあって狭い時は、体が押し潰されてしまいます。このように、心に余裕と柔軟さがない時は、人と摩擦を起こして傷つくことになる。

人は天地のあいだに生きる優れた霊妙なものです。その天地には限界というものはない。人の本性もそれと同じであり、心が寛大で広いときは、喜怒の感情も心を損なうことはなく、他人のために煩わされることもないでしょう。

（第211段）

月は秋が最高

違いが分からない人っているよね

「秋の月」というのはこの上もなくすばらしいものです。「いや月なんていつもこんなものでしょう」と、ほかの季節の月との違いが分からない人がいますが、ひどく情けないことです。

（第２１２段）

怒るな。恨むな。約束は守れ

ある大金持ちの人が言っていました。

「人間は、とにかくひたすら財産を持つべきだ。貧しかったら生きている甲斐がない。富んでいる者だけが人という名に値する。富を得ようと思うなら、まず精神を鍛えなければならない。その精神とは、この世は永遠に不変だという思いに徹して、無常を感じてはならない。これが第一の心がけである。

次に、あらゆることについて、必要を完全に満たそうとしてはいけない。この世の中に人がいるかぎり、自分に対しても他人に対しても、願うことは無限にある。人間の欲望にはきりがない。続いて、お金を下僕のような、自由に使用するものと思ってはならない。お金というのは主君のように畏敬すべきものであって、思うとおりに使ってはいけないのだ。さらに、お金のために恥をかいたとしても、誰かを怒ったり恨んだりしてはいけない。また、正直を心がけ、必ず約束を守らなければならない。

以上の道理を守って利益を求める人は、財産が集まるだろう。そうして財産がたまっていくときは、お酒や芸事、女遊びなどはせず、住居を飾り立てることもなく、仮に願望が満たされなかったとしても、心は常に安らかで充実しているものだ」

（第217段①）

お金を儲けたければ
がっつくな

何もかも欲しがるのは
何も欲しがらないのと
同じ

お金のために苦しむなら持たないほうがいい

そもそも人は、願望を満たすために財産を求めるものです。お金を財産とするのは、それを持てば願いが叶うからであって、願望があってもそれを満たそうとせず、お金があっても使わないなら、それは貧乏人と同じです。それで何を楽しみとしたらいいのか。

彼（114ページの「大金持ちの人」）の戒《いまし》めは、「世間的な欲望を断ち切って、貧しさを苦にしてはならない」と言っているように聞こえます。欲望を満たしてそれに溺れるならば、いっそ最初から財産など持たないほうがましですよね。例えば悪性のできものに罹《かか》ってしまい、それを水で洗って気持ちよく思うよりは、最初から病気に罹らないほうがいいに決まっています。

この大金持ちの人のような生き方をしていると、貧富の区別がなくなってきます。仏教でいうと、最高の悟りの境地と最低の迷いの境地が同一であるようなものです。それと同様、大欲は無欲と似ているんですね。

（第217段②）

若者は見栄を張らなくてもよい

人間というものは、無知・無能なように振る舞っていたほうがいい。

ある人の子供でなかなか容姿が美しい人がいましたが、父親と話している時に歴史書の文章を引用して喋っていて、確かに賢そうに見えたけれど、目上の人の前では若い人はわざわざそんなことをしなくてもよいのに、と思ったものです。

またある人のところで、琵琶法師の物語を聞こうとして琵琶を取り寄せたところ、その琵琶の「柱」がひとつ取れていたので、その人が「修理しなさい」と言うと、別の容姿のいい男が「古いひしゃくの柄《え》があれば直せるのですが」と言いました。見ればその男の爪は長く、おそらく琵琶を弾くことがあるのでしょう。ただ盲目の法師の弾く琵琶です。「柱にはひしゃくの柄を使う」という故実にはかなうけれど、わざわざそんな処置をする必要はありません。「自分はその道に通じているのだ」と自慢したいのだろうかと、横から見てみっともないと思いました。しかも「ひしゃくの柄は、檜物木《ひものぎ》といって、琵琶の柱に使うのはよくない」とある人はおっしゃっていたし。

このように、若い人は少しのことでよくも見えるし、みっともなくも見えるものです。

（第232段）

得意顔は控えめに

成功の秘訣は礼儀正しさと丁寧さ

言葉遣いが綺麗な人って心に残りますよね

すべての事柄について失敗しないよう気をつけるなら、何をするにしても誠実で、誰に対しても礼儀正しく、口数を少なくしているのにこしたことはありません。老若男女にかぎらず、そういう人はすばらしい。特に若くて美しくて、そのうえ言葉遣いが端正な人は、忘れがたいし心惹かれるものです。

すべての失敗というものは、慣れたふりをして上手ぶったり、得意げに思い込んで人を軽んじるところに原因があるものです。

（第233段）

出し惜しみや
疑心暗鬼はよくない

人が何かを聞いた時に、「こんな当たり前のことをこの人が知らないわけないし、真面目にそのまま答えるのはバカげているなぁ」と思うからか、相手の心を惑わすような、曖昧な答えを返すことがあるけれど、あれはよくありません。知っていることでも確認のために聞いているかもしれないし、本当に知らない人だっているかもしれない。

はっきりと説明してあげたならば、そのほうが「分別がある人だな」と思われるはずです。

人がまだ聞いていないことを、自分はもう知っているからといって「それにしてもあの人はひどいよね」などと曖昧に言うと、「いったい何があったんですか？」と聞き返さなくてはならなくなるのが、じつに不愉快です。世間では誰でも知っているようなことでもたまたま聞き漏らす人もいるのですから、最初から丁寧に説明してあげればよいのであって、それで別に悪いことなど何もありません。

こういうことは、世間知らずな人にありがちなんです。

（第234段）

手間を惜しまず
親切に

恋愛は障害があったり苦しいからこそ素敵

人目を忍んで好きな女に逢おうとしても周囲の目が鬱陶《うっとう》しく、かといって暗闇に紛れて逢おうとしても、見張りが厳しかったりする。ただ無理をしてでも女のもとへ通っていく男の切ない恋心は、それはそれで忘れられないことも多いでしょう。しかしこれが、相手の親や兄弟から完全に関係を許されて、何の支障もなく迎えられて妻とされるのは、女にとってとても気恥ずかしいことでしょう。

世渡りに困ってあぶれた女が、自分の年齢に似つかわしくない老いた法師や、怪しげな田舎者などでも裕福なのに目がくらんで、「お誘いがあれば……」などと言えば、「じゃあ紹介しようか」などという人が現れて、お互いに心惹かれるように言いつくろって、相手をよく知らないまま逢うことになる……なんて話もありますが、これはどうにもつまらないことです。簡単には逢えなかった月日のつらさを「恋の障害が多かったよね」なんてお互いに語り合えるような関係だからこそ、話題がいつまでも尽きることがないでしょうに。梅の花が薫《かお》る夜に朧月《おぼろづき》の下にたたずんだり、垣根をめぐらした屋敷に住む恋人のもとへこっそりと通って、帰り道の夜明けの空を眺める、なんて状況を我が身のことのように思えない人には、恋心はまったく分からないし、そういう人は恋愛に夢中にならないほうがいいでしょう。

(第240段)

逢い引きは、こっそり
逢うから楽しい

直面してから焦っても遅い

満月の「丸さ」というのは刻一刻と変化していて、すぐに欠けてしまうものです。ぼんやりと眺めている人だと、一夜のうちに少しずつ変わっていく姿を見逃してしまうのではないでしょうか。

重い病気に罹《かか》っても、ひとつの症状にとどまっている期間はわずかであって、死期は目前にどんどん迫っています。しかしまだ症状が軽く、死に直面していないうちは、「この世の中は不変で、いつまでも平穏に生きられるだろう」という思いに慣れて、「元気なうちはいろいろなことに手を出して、それを成し遂げてから仏道修行に入ろう」と思うもので、いざ病が重くなって死を目前にすると、願いごとは何ひとつ叶っていない、なんてこともよくあります。

「願いごとが叶ってから、時間ができたら仏道に向かおう」などと思っていたら、願いごとが尽きるはずがありません。人生とは幻のようにはかないもので、願望が思い浮かんだら、自分の汚れた心に迷いが生じたんだ、くらいに思っておいて、大きく動くべきではありません。

ただちにわずらわしい世俗のあれこれを投げ出して仏道に向かうというなら、なんの支障もなく、心身ともに長く安静にしていられるものです。

（第241段）

「願いごとが叶ったら」と
言ってたらキリがない

名声、色欲、食欲に注意

人がいつも逆風や順風に左右されるのは、「楽」と「苦」にとらわれているからです。「楽」というのは物事を好み、愛することで、人間は常に「楽」を求めます。その求めるものは、第一に「名声」です。名声には二種類あり、「行いによる名声」と、「学問、芸能による名声」に分けられます。

また人が求めるものの第二は「色欲」であり、第三は「食欲」。

どんな願望もこの3つほど切実ではないし、これらは誤った思いから生まれるものであって、結果的に多くの苦悩をともなってしまいます。だから、これらは持たないですむなら持たないほうがいいんですよね。

（第242段）

逆風と順風に
左右されるのは

子供の疑問は
素朴で深くて
ちょっとウザい

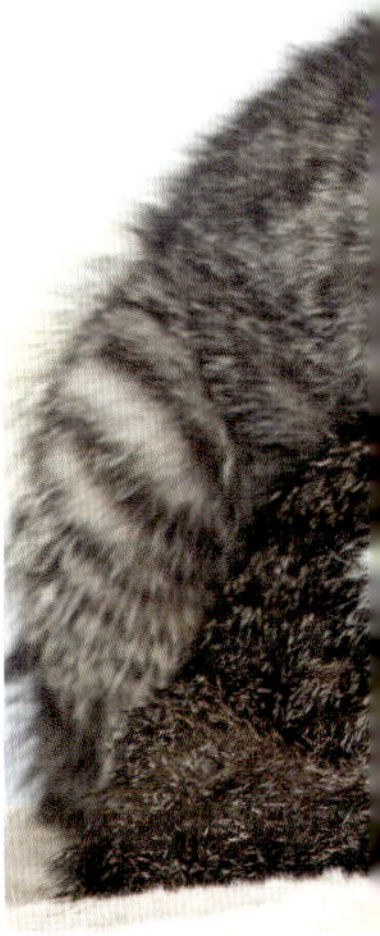

仏を教えた仏を教えた仏を教えた仏

8歳の頃、父に「仏とはどんなものでしょうか」と尋ねたことがありました。父は、「仏とは、人間がなったものだよ」と答えました。また「人間はどのようにして仏になったんですか」と聞くと、父は「仏の教えに導かれて仏になったんだ」と答えました。続けて「その、教えて導いた仏は、どのようにして仏になったのでしょう」と聞いてみると、再び父は、「それもまた、先立つ仏の教えによって仏になられたのだ」と答えました。「ではその最初の仏は、どんな仏だったのでしょうか」と言うと、父は「空から降ってきたのかな、それとも土の中から湧いたのかな」と言って笑ったのでした。

そして「息子に問い詰められて、答えられなくなってしまいました」といろんな人に語って面白がっていました。

（第243段）

中世文学における「猫」について

平安時代、『枕草子』や『源氏物語』に登場する猫は、「唐猫《からねこ》」といって中国大陸からの輸入品でとても高価で稀少なものでした。それが鎌倉時代になると、『夫木《ふぼく》和歌抄』に「のらねこ」を詠んだ歌があったり、藤原定家の日記『明月記』に野良犬にかみ殺された猫の話があったりと、猫を飼うことがかなり一般化したようです。

そして、説話集である『古今著聞集』に、十年以上長生きをし、人間の言葉を理解する猫が登場します。人の言葉が分かるというのは、不気味であり、寿命を超えて生きる猫は「魔性のもの」と考えられるようになったのです。そこには、仏教が生活に浸透していた当時、仏典において猫はよく描かれていなかったということも関係があるでしょう。そこから化け猫として「ねこまた」というものが生まれました。

先に引いた『明月記』に「猫股」と記述され、猫が鬼と同類の化け物として描かれています。また『徒然草』にも「ねこまた」が出てくる章段があります。これは、「ねこまた」だと思ったら、実は犬だったというもので、当時ねこまたの存在が広く認識されていたことが分かります。

その一方、禅宗が勢力を持ちはじめる室町時代になると、禅僧の漢詩に非常に多くの猫が登場します。これは禅宗では公案に猫が登場したり、当時の禅宗の僧侶がよく用いた辞書などに、「牡丹花の下で睡《ね》むる猫」という画題に「心が穏やかで悟った様子」という中国禅僧の解釈が載せてあったりするなど、猫と近しい関係にあったためでしょう。

『徒然草』原文

【序段】

つれづれなるままに、日ぐらし、硯《すずり》にむかひて、心にうつりゆくよしなしごとを、そこはかとなく書きつくれば、あやしうこそものぐるほしけれ。

【第三段】

よろづにいみじくとも、色好まざらん男は、いとさうざうしく、玉の巵《さかづき》の当《そこ》なき心地ぞすべき。

露霜《つゆしも》にしほれて、所さだめずまどひ歩《あり》き、親のいさめ、世のそしりをつつむに心の暇《いとま》なく、あふさきるさに思ひ乱れ、さるはひとり寝《ね》がちに、まどろむ夜なきこそをかしけれ。

さりとて、ひたすらたはれたる方にはあらで、女にたやすからず思はれんこそ、あらまほしかるべきわざなれ。

【第四段】

後の世のこと心に忘れず、仏の道うとからぬ、心にくし。

【第八段】

世の人の心惑はすこと、色欲には如《し》かず。人の心は愚かなるものかな。

匂《にほ》ひなどは仮のものなるに、しばらく衣裳《いしやう》に薫物《たきもの》すと知りながら、えならぬ匂ひには、必ず心ときめきするものなり。久米《くめ》の仙人の、物洗ふ女の脛《はぎ》の白きを見て、通《つう》を失ひけんは、まことに手足・はだへなどのきよらに、肥えあぶらづきたらんは、外《ほか》の色ならねば、さもあらんかし。

【第九段】

女は髪のめでたからんこそ、人の目立つべかめれ、人のほど心ばへなどは、もの言ひたるけはひにこそ、ものごしにも知らるれ。

ことにふれて、うちあるさまにも人の心を惑はし、すべて女の、うちとけたる寝《い》もねず、身を惜しとも思ひたらず、堪《た》ゆべくもあらぬわざにもよく堪へしのぶは、ただ色を思ふがゆゑなり。

まことに、愛着《あいぢやく》の道、その根深く、源《みなもと》遠し。六塵《ろくぢん》の楽欲《げうよく》多しといへども、皆厭離《えんり》しつべし。その中にただかの惑ひのひとつやめがたきのみぞ、老いたるも若きも、智あるも愚かなるも、かはる所なしと見ゆる。

されば、女の髪すぢをよれる綱には、大象《だいぞう》もよくつながれ、女のはける足駄《あしだ》にて作れる笛には、秋の鹿必ず寄るとぞ言ひ伝へ侍る。自ら戒めて、恐るべく慎むべきは、この惑ひなり。

【第十五段】

いづくにもあれ、しばし旅立ちたるこそ、目さむる心地すれ。そのわたり、ここかしこ見ありき、ゐなかびたる所、山里などは、いと目慣れぬことのみぞ多かる。都へたよりもとめて文《ふみ》やる、「そのことかのこと、便宜《びんぎ》に。忘るな」など言ひやるこそをかしけれ。さやうの所にてこそ、よろづに心づかひせらるれ。持てる調度まで、よきはよく、能ある人、かたちよき人も、常よりはをかしとこそ見ゆれ。

寺《てら》・社《やしろ》などにしのびてこもりたるもをかし。

【第二十段】

なにがしとかやいひし世捨人《よすてびと》の、「この世のほだし持たらぬ身に、ただ空の名残《なごり》のみぞ惜しき」と言ひしこそ、まことにさも覚えぬべけれ。

【第三十五段】

手のわろき人の、はばからず文《ふみ》書き散らすはよし。見苦しとて人に書かするはうるさし。

【第三十七段】

朝夕《あさゆふ》隔てなく馴れたる人の、ともある時、我に心おき、ひきつくろへるさまに見ゆるこそ、「今更《いまさら》かくやは」など言ふ人もありぬべけれど、なほげにげにしく、よき人かなとぞ覚ゆる。

うとき人の、うちとけたることなど言ひたる、またよしと思ひつきぬべし。

【第三十九段】

ある人、法然上人《ほふねんしやうにん》に、「念仏《ねんぶつ》の時、睡《ねぶ》りにをかされて行《ぎやう》を怠り侍ること、いかがしてこの障りをやめ侍らん」と申しければ、「目の覚めたらんほど念仏し給へ」と答へられたりける、いと尊かりけり。また、「往生《わうじやう》は、一《いち》定《ぢやう》と思へば一定、不定《ふぢやう》と思へば不定なり」と言はれけり。これも尊し。また、「疑ひながらも、念仏すれば往生す」とも言はれけり。これもまた尊し。

【第四十九段】

老《おい》来りて、初めて道を行《ぎやう》ぜんと待つことなかれ。古き墳《つか》、多くはこれ少年の人なり。はからざるに病を受けて、たちまちにこの世を去らんとする時にこそ、初めて過ぎぬる方の誤れることは知らるなれ。誤りといふは他のことにあらず、速かにすべきことを緩《ゆる》くし、緩くすべきことを急ぎて、過ぎにしことの悔しきなり。その時悔ゆとも、かひあらんや。

人はただ、無常の身に迫りぬることを心にひしと懸けて、つかのまも忘るまじきなり。さらば、などか、この世の濁りも薄く、仏道をつとむる心もまめやかならざらん。

「昔ありける聖《ひじり》は、人来りて自他の要事《えうじ》を言ふ時、答へて云はく、『今火急のことありて既に朝夕《てうせき》にせまれり』とて、耳をふたぎて念仏《ねんぶつ》して、つひに往生を遂げけり」と、禅林《ぜんりん》の十因《じふいん》に侍り。心戒《しんかい》といひける聖は、あまりにこの世のかりそめなることを思ひて、静かについゐけることだになく、常はうずくまりてのみぞありける。

【第五十八段】

「道心《だうしん》あらば、住む所にしもよらじ。家にあり、人に交はるとも、後世《ごせ》を願はんにかたかるべきかは」と言ふは、さらに後世知らぬ人なり。げにはこの世をはかなみ、必ず生死《しやうじ》を出でんと思はんに、何の興ありてか、朝《あさ》夕《ゆふ》君に仕へ、家を顧みる営みのいさましからん。心は縁にひかれて移るものなれば、閑《しづ》かならでは、道は行じがたし。

そのうつはもの、昔の人に及ばず、山林に入りても、餓《うゑ》を助け、嵐を防くよすがなくてはあられぬわざなれば、おのづから世を貪《むさぼ》るに似たることも、たよりにふればなどかなからん。さればとて、「背けるかひなし。さばかりならば、なじかは捨てし」など言はんは、無下《むげ》のことなり。さすがに一度道に入りて世を厭はん人、たとひ望みありとも、勢ひある人の貪欲《とんよく》多きに似るべからず。紙の衾《ふすま》、麻《あさ》の衣《ころも》、一鉢《ひとはち》のまうけ、藜《あかぎ》の羹《あつもの》、いくばくか人の費《つひ》えをなさん。求むる所はやすく、その心はやく足りぬべし。かたちに恥づる所もあれば、さはいへど、悪にはうとく、善にはちかづくことのみぞ多き。

人と生れたらんしるしには、いかにもして世を遁《のが》れんことこそ、あらまほしけれ。ひとへに貪ることをつとめて、菩提《ぼだい》におもむかざらんは、よろづの畜類《ちくるい》に変る所あるまじくや。

【第七十八段】

今様《いまやう》のことどもの珍しきを、言ひひろめ、もてなすこそ、またうけられね。世にことふりたるまで知らぬ人は、心にくし。

今更《いまさら》の人などのある時、ここもとに言ひつけたることぐさ、物の名など、心得たるどち、かたはし言ひかはし、目見あはせ笑ひなどして、心知らぬ人に心得ず思はすること、世慣れず、よからぬ人の、必ずあることなり。

【第八十五段】

人の心すなほならねば、偽《いつは》りなきにしもあらず。されども、おのづから、正直の人などかなからん。おのれすなほならねど、人の賢を見て羨むは尋常《よのつね》なり。至りて愚かなる人は、たまたま賢なる人を見て、これを憎む。「大きなる利を得んがために、少しきの利を受けず、偽りかざりて名を立てんとす」と謗《そし》る。おのれが心に違《たが》へるによりてこの嘲《あざけ》りをなすにて知りぬ、この人は下愚《かぐ》の性《せい》移るべからず、偽りて小利《せうり》をも辞すべからず、かりにも賢を学ぶべからず。

狂人の真似とて大路《おほち》を走らば、すなはち狂人なり。悪人の真似とて人を殺さば、悪人なり。驥《き》を学ぶは驥の類《たぐひ》、舜《しゆん》を学ぶは舜の徒《ともがら》なり。偽りても賢を学ばんを賢といふべし。

【第八十九段】

「奥山に、猫またといふものありて、人を食《くら》ふなる」と人の言ひけるに、「山ならねども、これらにも、猫の経《へ》あがりて、猫またになりて、人とることはあなるものを」と言ふ者ありけるを、何阿弥陀仏《なにあみだぶつ》とかや、連歌しける法師の、行願寺《ぎやうぐわんじ》の辺《へん》にありけるが聞きて、ひとり歩《あり》かん身は心すべきことにこそと思ひけるころ、下《しも》なる所にて夜更《ふ》くるまで連歌して、ただひとり帰りけるに、小《こ》川《がは》の端《はた》にて、音に聞きし猫また、あやまたず、足もとへふと寄り来て、やがてかきつくままに、頸《くび》のほどを食はんとす。肝心《きもこころ》も失せて、防かんとするに力もなく足も立たず、小川へ転び入りて、「助けよや、猫またよや、猫またよや」と叫べば、家々より松どもともして走り寄りて見れば、このわたりに見知れる僧なり。「こは如何に」とて、川の中より抱き起したれば、連歌の賭物《かけもの》取りて、扇《あふぎ》・小箱《こばこ》など懐《ふところ》に持ちたりけるも、水に入りぬ。希《け》有《う》にして助かりたるさまにて、はふはふ家に入りにけり。

飼ひける犬の、暗けれど主《ぬし》を知りて、飛び付きたりけるとぞ。

【第九十二段】

ある人、弓射ることを習ふに、諸矢《もろや》をたばさみて的《まと》に向ふ。師の云はく、「初心の人、二つの矢を持つことなかれ。後《のち》の矢を頼みて、始めの矢に等閑《なほざり》の心あり。毎度《まいど》ただ後の矢なく、この一矢《ひとや》に定まるべしと思へ」といふ。わづかに二つの矢、師の前にて、一つをおろかにせんと思はんや。懈怠《けだい》の心、みづから知らずといへども、師これを知る。このいましめ、万事にわたるべし。

道を学《がく》する人、夕《ゆふべ》には朝《あした》あらんことを思ひ、朝には夕あらんことを思ひて、重ねてねんごろに修《しゅ》せんことを期《ご》す。況《いは》んや、一刹那《いちせつな》の中《うち》において、懈怠の心あることを知らんや。何ぞ、ただ今の一念において、ただちにすることの甚だかたき。

【第九十八段】

尊《たふと》きひじりの言ひ置きけることを書き付けて、一言芳談《いちごんはうだん》とかや名づけたる草子《さうし》を見侍りしに、心にあひて覚えしことども。

一　しやせまし、せずやあらましと思ふことは、おほやうは、せぬはよきなり。

一　後世《ごせ》を思はん者は、糂汰瓶《じんだがめ》一つも持つまじきことなり。持経《じきやう》・本尊《ほんぞん》にいたるまで、よき物を持つ、よしなきことなり。

一　遁世者《とんぜいじや》は、なきにこと欠けぬやうをはからひて過ぐる、最上のやうにてあるなり。

一　上臈《じやうらふ》は下臈《げらふ》になり、智者は愚者になり、徳人《とくにん》は貧になり、能ある人は無能になるべきなり。

一　仏道を願ふといふは、別のことなし。いとまある身になりて、世のことを心に懸けぬを、第一の道とす。

このほかもありしことども、覚えず。

【第百八段】

寸陰《すんいん》惜しむ人なし。これ、よく知れるか、愚かなるか。愚かにして怠る人のために言はば、一銭軽しといへども、これを重ぬれば、貧しき人を富める人となす。されば、商人《あきびと》の一銭を惜しむ心、切《せち》なり。刹那覚えずといへども、これを運びてやまざれば、命を終ふる期《ご》、たちまちにいたる。

されば、道人《だうにん》は、遠く日月《にちぐわつ》を惜しむべからず。ただ今の一念、空しく過ぐることを惜しむべし。もし、人来りて、我が命、明日は必ず失はるべしと告げ知らせたらんに、今日の暮るる間、何事をかたのみ、何事をかいとなまん。我等が生ける今日の日、何ぞその時節に異ならん。一日のうちに、飲食《おんじき》、便利《べんり》、睡眠《すいめん》、言語《ごんご》、行歩《ぎやうぶ》、やむことを得ずして、多くの時を失ふ。その余りのいとま、いくばくならぬうちに、無益《むやく》のことをなし、無益のことを言ひ、無益のことを思惟《しゆゐ》して時を移すのみならず、日を消し、月を亘《わた》りて、一生を送る、もつとも愚かなり。

謝霊運《しやれいうん》は、法華の筆受《ひつじゆ》なりしかども、心常に風雲《ふううん》の興《きよう》を観《くわん》ぜしかば、恵遠《ゑをん》、白蓮《びやくれん》の交はりを許さざりき。しばらくもこれなき時は、死人に同じ。光陰何のためにか惜しむとならば、内に思慮なく外に政事《せいじ》なくして、やまん人はやみ、修《しゆ》せん人は修せよとなり。

【第百十段】

双六《すぐろく》の上手といひし人に、その行《てだて》を問ひ侍りしかば、「勝たんと打つべからず。負けじと打つべきなり。いづれの手かとく負けぬべきと案じて、その手をつかはずして、一目《ひとめ》なりともおそく負くべき手につくべし」と言ふ。

道を知れる教《をし》へ、身を修め、国を保たん道もまたしかなり。

【第百十三段】

四十《よそぢ》にも余りぬる人の、色めきたる方、おのづから忍びてあらんはいかがはせん、言《こと》にうちいでて、男女《をとこをんな》のこと、人の上をも言ひたはぶるるこそ、にげなく、見苦しけれ。

大方、聞きにくく、見苦しきこと。老人の、若き人に交はりて、興あらんと物言ひゐたる。数ならぬ身にて、世の覚えある人を隔てなきさまに言ひたる。貧しき所に、酒宴好み、客人《まれびと》に饗応《きやうよう》せんときらめきたる。

【第百十六段】

寺院の号、さらぬよろづの物にも、名をつくること、昔の人は少しも求めず、ただありのままに、やすくつけけるなり。このごろは、深く案じ、才覚をあらはさんとしたるやうに聞こゆる、いとむつかし。人の名も、目なれぬ文字《もんじ》をつかんとする、益《やく》なきことなり。

何事も、珍らしきことを求め、異説を好むは、浅才《せんざい》の人の必ずあることなりとぞ。

【第第百十七段】

友とするにわろき者七つあり。一つには高くやんごとなき人、二つには若き人、三つには病なく身つよき人、四つには酒を好む人、五つにはたけく勇める兵《つはもの》、六つには虚言《そらごと》する人、七つには欲ふかき人。

よき友三つあり。一つには物くるる友、二つには医《くす》師《し》、三つには智恵ある友。

【第百二十段】

唐《から》のものは、薬のほかは、なくとも事欠くまじ。書《ふみ》どもは、この国に多く広まりぬれば、書きも写してん。もろこし舟の、たやすからぬ道に、無用の物どものみ取り積みて、所狭《せ》く渡しもて来る、いと愚かなり。

「遠き物を宝とせず」とも、また「得がたき貨《たから》を貴《たふと》まず」ともと文にも侍るとかや。

【第百二十一段】

養ひ飼ふものには、馬・牛。つなぎ苦しむるこそいたましけれど、なくてかなはぬものなれば、いかがはせむ。犬は、守り防くつとめ、人にもまさりたれば、必ずあるべし。されど、家ごとにあるものなれば、ことさらに求め飼はずともありなん。

そのほかの鳥獣、すべて用なきものなり。走る獣《けだもの》は檻《をり》にこめ、鎖《くさり》をさされ、飛ぶ鳥は翅《つばさ》を切り、籠《こ》に入れられて、雲を恋ひ、野山を思ふ愁へ、やむときなし。その思ひ、我が身にあたりて忍びがたくは、心あらん人、これを楽しまんや。生を苦しめて目を喜ばしむるは、桀《けつ》・紂《ちう》が心なり。王子猷《わうしいう》が鳥を愛せし、林に楽しぶを見て、逍遥の友としき。とらへ苦しめたるにあらず。凡《およ》そ、「めづらしき禽《とり》、あやしき獣《けだもの》、国に育《やしな》はず」とこそ、文《ふみ》にも侍るなれ。

【第百二十六段】

「ばくちの、負け極《きは》まりて、残りなく打ち入れんとせんにあひては、打つべからず。たちかへり続けて勝つべき時の至れると知るべし。その時を知るを、よきばくちといふなり」と、ある者申しき。

【第百二十七段】

改めて益《やく》なきことは、改めぬをよしとするなり。

【第百二十八段】

（前半部分略）

大方、生けるものを殺し傷《いた》め闘はしめて、遊び楽しまん人は、畜生残害《さんがい》の類《たぐひ》なり。よろづの鳥獣、小さき虫までも、心をとめて有様を見るに、子を思ひ、親をなつかしくし、夫婦をともなひ、妬《ねた》み怒り、欲多く、身を愛し、命を惜しめること、ひとへに愚痴《ぐち》なるゆゑに、人よりもまさりて甚だし。かれに苦しみを与へ、命を奪はんこと、いかでかいたましからざらん。すべて一切の有情《うじやう》を見て、慈悲の心なからんは、人倫にあらず。

【第百二十九段】

（前半部分略）

おとなしき人の、喜び、怒り、悲しび、楽しぶも、皆虚妄《こまう》なれども、誰か実有《じつう》の相《さう》に着《ぢやく》せざる。身をやぶるよりも、心をいたましむるは、人をそこなふことなほ甚だし。病を受くることも、多くは心より受く。ほかより来《きた》る病は少し。薬を飲みて汗を求むるには、しるしなきことあれども、一旦恥ぢ恐るることあれば、必ず汗を流すは、心のしわざなりといふことを知るべし。

（後半部分略）

【第百三十一段】

貧しき者は財《たから》をもて礼とし、老いたる者は力《ちから》をもて礼とす。おのが分《ぶん》を知りて、及ばざるときは速かにやむを智といふべし。許さざらんは、人の誤りなり。分を知らずしてしひて励むは、おのれが誤りなり。

貧しくして分を知らざれば盗み、力衰へて分を知らざれば病を受く。

【第百四十段】

身死して財《たから》残ることは、智者のせざるところなり。よからぬ物、貯《たくは》へ置きたるもつたなく、よき物は、心をとめけんとはかなし。こちたく多かる、ましてくちをし。「我こそ得め」など言ふ者どもありて、跡に争ひたる、さまあし。後《のち》はたれにとこころざす物あらば、生けらんうちにぞ譲るべき。

朝夕《あさゆふ》なくてかなはざらん物こそあらめ、その外は何も持たでぞあらまほしき。

【第百五十段】

能をつかんとする人、「よくせざらんほどは、なまじひに人に知られじ。うちうちよく習ひ得て、さし出でたらんこそ、いと心にくからめ」と常に言ふめれど、かく言ふ人、一藝も習ひ得ることなし。

いまだ堅固《けんご》かたほなるより、上手の中に交りて、誹《そし》り笑はるるにも恥ぢず、つれなく過ぎて嗜む人、天性その骨なけれども、道になづまず、みだりにせずして年を送れば、堪能の嗜まざるよりは、つひに上手の位に至り、徳たけ人に許されて双《さう》なき名を得ることなり。

天下のものの上手といへども、始めは不堪《ふかん》の聞えもあり、無下《むげ》の瑕瑾《かきん》もありき。されどもその人、道の掟《おきて》正しく、これを重くして、放埒《はうらつ》せざれば、世の博士《はかせ》にて、万人の師となること、諸道変るべからず。

【第百五十一段】

ある人の云はく、年五十になるまで上手に至らざらん藝をば捨つべきなり。励み習ふべき行末《ゆくすゑ》もなし。老人のことをば人もえ笑はず。衆に交はりたるも、あいなく見苦し。大方よろづのしわざはやめて暇あるこそ、めやすくあらまほしけれ。世俗のことに携はりて生涯を暮すは、下愚《かぐ》の人なり。ゆかしく覚えんことは、学び聞くとも、その趣を知りなば、おぼつかなからずしてやむべし。もとより望むことなくしてやまんは、第一のことなり。

【第百五十七段】

筆を取れば物書かれ、楽器を取れば音《ね》を立てんと思ふ。盃を取れば酒を思ひ、賽《さい》を取れば攤《だ》打たんことを思ふ。心は必ず事に触れて来《きた》る。かりにも不善の戯れをなすべからず。

あからさまに聖教《しやうげう》の一句を見れば、何となく前後の文《もん》も見ゆ。卒爾《そつじ》にして多年の非を改むることもあり。かりに今、この文を披《ひろ》げざらましかば、このことを知らんや。これすなはち触るる所の益《やく》なり。心さらに起らずとも、仏前にありて数珠《ずず》を取り、経を取らば、怠るうちにも善業《ぜんごふ》おのづから修せられ、散乱《さんらん》の心ながらも縄床《じようしやう》に座せば、覚えずして禅定《ぜんぢやう》成るべし。

事理《じり》もとより二つならず。外相《げさう》もし背かざれば、内証必ず熟す。強ひて不信を言ふべからず。仰ぎてこれを尊むべし。

【第百六十四段】

世の人相逢《あひあ》ふ時、暫くも黙止《もだ》することなし。必ず言葉あり。そのことを聞くに、多くは無益《むやく》の談なり。世間の浮説《ふせつ》、人の是非、自他のために、失多く得少し。

これを語る時、互ひの心に、無益のことなりといふことを知らず。

【第百六十六段】

人間の、営みあへるわざを見るに、春の日に雪仏《ゆきぼとけ》を作りて、そのために金銀珠玉《しゆぎよく》の飾りを営み、堂を建てんとするに似たり。その構へを待ちて、よく安置《あんぢ》してんや。人の命ありと見るほども、下より消ゆること雪の如くなるうちに、営み待つこと甚だ多し。

【第百六十七段】

一道《いちだう》に携はる人、あらぬ道の筵《むしろ》に臨みて、「あはれ、我が道ならましかば、かくよそに見侍らじものを」と言ひ、心にも思へること、常のことなれど、よにわろく覚ゆるなり。知らぬ道のうらやましく覚えば、「あなうらやまし。などか習はざりけん」と言ひてありなん。我が智を取り出でて人に争ふは、角ある物の角を傾け、牙ある物の、牙を咬《か》み出だす類《たぐひ》なり。

人としては善にほこらず物と争はざるを徳とす。他にまさることのあるは大きなる失なり。品《しな》の高さにても、才藝のすぐれたるにても、先祖の誉《ほまれ》にても、人にまされりと思へる人は、たとひ言葉に出でてこそ言はねども、内心にそこばくの咎《とが》あり。慎みてこれを忘るべし。をこにも見え、人にも言ひ消たれ、禍《わざはひ》をも招くは、ただこの慢心なり。

一道にもまことに長じぬる人は、みづから明らかにその非を知るゆゑに、志《こころざし》常に満たずして、つひに物にほこることなし。

【第百六十八段】

年老いたる人の、一事《いちじ》すぐれたる才《ざえ》のありて、「この人の後には、誰にか問はん」など言はるるは、老の方人《かたうど》にて、生けるもいたづらならず。さはあれど、それも廃《すた》れたる所のなきは、一生このことにて暮れにけりと、つたなく見ゆ。「今は忘れにけり」と言ひてありなん。

大方は、知りたりとも、すずろに言ひ散らすは、さばかりの才にはあらぬにやと聞え、おのづから誤りもありぬべし。「さだかにもわきまへ知らず」など言ひたるは、なほ、まことに、道の主《あるじ》とも覚えぬべし。まして、知らぬこと、したり顔に、おとなしく、もどきぬべくもあらぬ人の言ひ聞かするを、「さもあらず」と思ひながら聞きゐたる、いとわびし。

【第百七十段】

さしたることなくて人のがり行くは、よからぬことなり。用ありて行きたりとも、そのこと果てなば、とく帰るべし。久しく居たる、いとむつかし。

人と向ひたれば、詞《ことば》多く、身もくたびれ、心も閑《しづ》かならず、よろづのこと障りて時を移す、互ひのため益《やく》なし。いとはしげに言はんもわろし。心づきなきことあらん折は、なかなか、その由をも言ひてん。

同じ心に向はまほしく思はん人の、つれづれにて、「今しばし。今日は心閑かに」など言はんは、この限りにはあらざるべし。阮籍《げんせき》が青き眼《まなこ》、誰にもあるべきことなり。そのこととなきに人の来りて、のどかに物語して帰りぬる、いとよし。また文《ふみ》も、「久しく聞えさせねば」などばかり言ひおこせたる、いとうれし。

【第百七十二段】

若き時は、血気《けつき》内に余り、心物《もの》に動きて、情欲《じやうよく》多し。身を危《あやぶ》めて、砕けやすきこと、珠《たま》を走らしむるに似たり。美麗を好みて宝を費《つひや》し、これを捨てて苔《こけ》の袂《たもと》にやつれ、勇める心盛りにして、物と争ひ、心に恥ぢうらやみ、好む所日々に定まらず、色にふけり情《なさけ》にめで、行ひを潔くして、百年《ももとせ》の身を誤り、命を失へる例《ためし》願はしくして、身の全く久しからんことをば思はず、好《す》ける方に心ひきて、ながき世語りともなる。身を誤つことは、若き時のしわざなり。

老いぬる人は、精神衰へ、淡《あは》く疎《おろそ》かにして、感じ動く所なし。心おのづから静かなれば、無益《むやく》のわざをなさず、身を助けて愁《うれ》へなく、人の煩ひなからんことを思ふ。老いて、智の若き時にまされること、若くして、かたちの老いたるにまされるが如し。

【第百七十五段】

世には心得ぬことの多きなり。ともあることには、まづ酒を勧めて、強ひ飲ませたるを興とすること、如何なるゆゑとも心得ず。飲む人の、顔いと堪へがたげに眉をひそめ、人目をはかりて捨てんとし、逃げんとするを、とらへて引きとどめて、すずろに飲ませつれば、うるはしき人も、たちまちに狂人となりてをこがましく、息災《そくさい》なる人も、目の前に大事の病者《びやうじや》となりて、前後も知らず倒れ伏す。祝ふべき日などはあさましかりぬべし。あくる日まで頭《かしら》いたく物食はず、によひ臥し、生《しやう》を隔てたるやうにして、昨日のこと覚えず、公《おほやけ》私《わたくし》の大事を欠きて、わづらひとなる。人をしてかかる目を見すること、慈悲もなく、礼儀にも背けり。かく辛《から》き目に逢ひたらん人、ねたくくちをしと思はざらんや。「人の国にかかる習ひあなり」と、これらになき人事《ひとごと》にて伝へ聞きたらんは、あやしく、不思議に覚えぬべし。(中略)

かくうとましと思ふものなれど、おのづから捨てがたき折もあるべし。月の夜、雪の朝《あした》、花の本《もと》にても、心のどかに物語して、盃出だしたる、よろづの興を添ふるわざなり。つれづれなる日、思ひの外に友の入り来て、とりおこなひたるも、心なぐさむ。なれなれしからぬあたりの御簾《みす》のうちより、御くだもの・御酒《みき》など、よきやうなる気配してさし出されたる、いとよし。冬、狭き所にて、火にて物煎《い》りなどして、隔てなきどちさし向ひて、多く飲みたる、いとをかし。旅の仮屋《かりや》、野山などにて、「御肴《みさかな》何がな」など言ひて、芝の上にて飲みたるもをかし。いたういたむ人の、強ひられて少し飲みたるも、いとよし。よき人の、とりわきて「今ひとつ。うへすくなし」などのたまはせたるもうれし。近づかまほしき人の、上戸《じやうご》にて、ひしひしとなれぬる、またうれし。（後略）

【第百八十七段】

よろづの道の人、たとひ不堪《ふかん》なりといへども、堪能《かんのう》の非家《ひか》の人に並ぶ時、必ずまさることは、たゆみなく慎みて軽々しくせぬと、ひとへに自由《じいう》なるとのひとしからぬなり。

藝能・所作《しよさ》のみにあらず、大方の振舞・心づかひも、愚かにして慎めるは、得の本なり。巧みにしてほしきままなるは、失の本なり。

【第百八十八段】

ある者、子を法師になして、「学問して因果《いんぐわ》の理《ことわり》をも知り、説経《せつきやう》などして世渡るたつきともせよ」と言ひければ、教《をし》へのままに、説経師にならんために、まづ馬に乗り習ひけり。輿・車は持たぬ身の、導師《だうし》に請《しやう》ぜられん時、馬など迎へにおこせたらんに、桃尻にて落ちなんは、心憂かるべしと思ひけり。次に、仏事の後、酒など勧むることあらんに、法師の無下《むげ》に能なきは、檀那《だんな》すさまじく思ふべしとて、早歌《さうか》といふことを習ひけり。二つのわざ、やうやう境《さかひ》に入りければ、いよいよよくしたく覚えて嗜みけるほどに、説経習ふべきひまなくて、年寄りにけり。

この法師のみにもあらず、世間の人、なべてこのことあり。若きほどは、諸事につけて、身を立て、大きなる道をも成《じやう》じ、能をもつき、学問をもせんと、行末久しくあらますことども心には懸けながら、世をのどかに思ひてうちおこたりつつ、まづさしあたりたる目の前のことにのみまぎれて、月日を送れば、ことごとなすことなくして、身は老いぬ。つひに物の上手にもならず、思ひしやうに身をも持たず、悔ゆれども取り返さるる齢《よはひ》ならねば、走りて坂を下る輪《わ》の如くに衰へゆく。

されば一生のうち、むねとあらまほしからんことの中に、いづれかまさるとよく思ひくらべて、第一のことを案じ定めて、その外は思ひ捨てて、一事を励むべし。一日の中、一時の中にも、あまたのことの来《きた》らんなかに、少しも益《やく》のまさらんことを営みて、その外をばうち捨てて、大事を急ぐべきなり。何方《いづかた》をも捨てじと心に執《と》り持ちては、一事もなるべからず。

【第百八十九段】

今日はそのことをなさんと思へど、あらぬいそぎ、まづ出で来てまぎれ暮し、待つ人はさはりありて、頼めぬ人は来たり、頼みたる方のことは違《たが》ひて、思ひ寄らぬ道ばかりはかなひぬ。わづらはしかりつることはことなくて、やすかるべきことはいと心苦し。日々に過ぎ行くさま、かねて思ひつるには似ず。一年《ひととせ》の中もかくの如し。一生の間もまたしかなり。

かねてのあらまし、皆違ひ行くかと思ふに、おのづから違はぬこともあれば、いよいよ物は定めがたし。不定《ふぢやう》と心得ぬるのみ、まことにて違はず。

【第百九十段】

妻《め》といふものこそ、をのこの持つまじきものなれ。「いつもひとりずみにて」など聞くこそ、心にくけれ、「誰がしが婿になりぬ」とも、また、「いかなる女をとりすゑて、相住む」など聞きつれば、無下《むげ》に心劣りせらるるわざなり。ことなることなき女をよしと思ひ定めてこそ添ひゐたらめと、いやしくもおしはかられ、よき女ならば、この男をぞ、らうたくして「あが仏《ほとけ》」と守りゐたらめ。たとへば、さばかりにこそと覚えぬべし。まして、家のうちをおこなひをさめたる女、いとくちをし。子など出で来て、かしづき愛したる、心憂し。男なくなりて後、尼になりて年寄りたるありさま、亡き跡まであさまし。

いかなる女なりとも、明暮《あけくれ》添ひ見んには、いと心づきなく、憎かりなん。女のためも半空《なかぞら》にこそならめ、よそながら時々通ひ住まんこそ、年月経てもたえぬなからひともならめ。あからさまに来て、泊《とま》りゐなどせんは、めづらしかりぬべし。

【第百九十一段】

「夜に入りて、物のはえなし」と言ふ人、いとくちをし。よろづの物のきら、飾り、色ふしも、夜のみこそめでたけれ。昼は、ことそぎ、およすげたる姿にてもありなん。夜は、きららかに、花やかなる装束、いとよし。人の気色《けしき》も、夜の火影《ほかげ》ぞ、よきはよく、物言ひたる声も、暗くて聞きたる、用意ある、心にくし。匂ひもものの音も、ただ夜ぞ一際《ひときは》めでたき。

さしてことなることなき夜、うち更けて参れる人の、清げなるさましたる、いとよし。若きどち、心とどめて見る人は、時をも分かぬものなれば、ことにうちとけぬべき折節ぞ、褻《け》・晴なくひきつくろはまほしき。よき男の、日暮れてゆするし、女も、夜更くるほどに、すべりつつ、鏡取りて、顔などつくろひて出づるこそ、をかしけれ。

【第百九十二段】

神・仏にも、人のまうでぬ日、夜参《まゐ》りたる、よし。

【第百九十三段】

くらき人の、人をはかりて、「その智を知れり」と思はん、さらに当るべからず。

つたなき人の、碁打つことばかりに聡く巧みなるは、賢き人の、この藝におろかなるを見て、おのれが智に及ばずと定めて、よろづの道の匠《たくみ》、我が道を人の知らざるを見て、「おのれすぐれたり」と思はんこと、大きなる誤りなるべし。文字《もんじ》の法師・暗証《あんしよう》の禅師、互ひにはかりて、「おのれにしかず」と思へる、共に当らず。

おのれが境界《きやうがい》にあらざるものをば、争ふべからず、是非すべからず。

【第百九十四段】

達人の、人を見る眼《まなこ》は、少しも誤る所あるべからず。

たとへば、ある人の、世に虚言《そらごと》を構へ出だして、人を謀《はか》ることあらんに、すなほにまことと思ひて、言ふままに謀らるる人あり。余りに深く信を起して、なほ煩はしく虚言を心得添ふる人あり。また、何としも思はで、心をつけぬ人あり。また、いささかおぼつかなく覚えて、頼むにもあらず、頼まずもあらで、案じゐたる人あり。また、まことしくは覚えねども、「人のいふことなれば、さもあらん」とてやみぬる人もあり。また、さまざまに推《すい》し、心得たるよしして、かしこげにうちうなづき、ほほ笑みてゐたれど、つやつや知らぬ人あり。また、推し出だして、「あはれ、さるめり」と思ひながら、なほ、誤りもこそあれと怪しむ人あり。また、「異なるやうもなかりけり」と、手をうちて笑ふ人あり。また、心得たれども知れりとも言はず、おぼつかなからぬはとかくのこともなく、知らぬ人と同じやうにて過ぐる人あり。また、この虚言の本意《ほい》を、初めより心得て、少しもあざむかず、構へ出だしたる人と同じ心になりて、力をあはする人あり。

愚者の中の戯《たはぶ》れだに、知りたる人の前にては、このさまざまの得たる所、詞にても顔にても、隠れなく知られぬべし。まして、明らかならん人の、惑《まど》へる我等を見んこと、掌《たなごころ》の上の物を見んが如し。但し、かやうのおしはかりにて、仏法までをなずらへ言ふべきにはあらず。

【第二百十一段】

よろづのことは頼むべからず。愚かなる人は、深く物を頼むゆゑに、恨み怒ることあり。

勢ひありとて頼むべからず。こはき者まづ滅ぶ。財《たから》多しとて頼むべからず。時のまに失ひやすし。才《ざえ》ありとて頼むべからず。孔子も時にあはず。徳ありとて頼むべからず。顔回《がんくわい》も不幸なりき。君《きみ》の寵《ちよう》をも頼むべからず。誅《ちゆう》を受くること速かなり。奴《やつこ》従へりとて頼むべからず。背き走ることあり。人の志をも頼むべからず。必ず変ず。約をも頼むべからず。信あること少し。

身をも人をも頼まざれば、是《ぜ》なる時は喜び、非なる時は恨みず。左右《さう》広ければ障《さは》らず、前後遠ければ塞《ふさ》がらず。狭《せば》き時はひしげくだく。心を用ゐること少しきにしてきびしき時は、物に逆《さか》ひ争ひて破る。緩《ゆる》くしてやはらかなる時は、一毛《いちまう》も損せず。

人は天地の霊なり。天地は限る所なし。人の性《せい》、何ぞ異ならん。寛大《くわんだい》にして極まらざる時は、喜怒《きど》これに障らずして、物のために煩《わづら》はず。

【第二百十二段】

秋の月は、限りなくめでたきものなり。いつとても月はかくこそあれとて、思ひ分かざらん人は、無下《むげ》に心憂かるべきことなり。

【第二百十七段】

ある大福長者《だいふくちやうじや》の云はく、「人はよろづをさしおきて、ひたふるに徳をつくべきなり。貧しくては生けるかひなし。富めるのみを人とす。徳をつかんと思はば、すべからくまづその心づかひを修行すべし。その心といふは他のことにあらず、人間常住《じやうぢゆう》の思ひに住《ぢゆう》して、かりにも無常を観《くわん》ずることなかれ。これ第一の用心なり。次に万事の用をかなふべからず。人の世にある、自他につけて所願無量《しよぐわんむりやう》なり。欲に随ひて志を遂げんと思はば、百万の銭ありといふとも、暫くも住すべからず。所願はやむ時なし。財《たから》は尽くる期あり。限りある財をもちて、限りなき願ひに随ふこと、得《う》べからず。所願心にきざすことあらば、我を滅《ほろぼ》すべき悪念来れりと、堅く慎み恐れて、小要《せうえう》をもなすべからず。次に銭を奴《やつこ》の如くして使ひ用ゐる物と知らば、ながく貧苦を免るべからず。君の如く神の如く畏れたふとみて、従へ用ゐることなかれ。次に恥に臨むといふとも、怒り恨むることなかれ。次に正直にして約を堅《かた》くすべし。この義を守《まぼ》りて利を求めん人は、富の来《きた》ること、火の乾けるにつき、水の下れるに随ふが如くなるべし。銭積りて尽きざる時は、宴飲《えんいん》・声色《せいしよく》をこととせず、居所《きよしよ》を飾らず、所願を成《じやう》ぜざれども、心とこしなへに安く楽し」と申しき。

そもそも人は所願を成ぜんがために財を求む。銭を財とすることは願ひをかなふるがゆゑなり。所願あれどもかなへず、銭あれども用ゐざらんは、全く貧者と同じ。何をか楽しびとせん。この掟《おきて》は、ただ人間の望みを断ちて、貧を憂ふべからずと聞えたり。欲を成じて楽しびとせんよりは、如《し》かじ、財なからんには。癰疽《ようそ》を病む者、水に洗ひて楽しびとせんよりは、病まざらんには如かじ。ここに至りては、貧富分く所なし。究竟《くきやう》は理即《りそく》に等し。大欲は無欲に似たり。

【第二百三十二段】

すべて人は無智無能《むちむのう》なるべきものなり。ある人の子の、見ざまなど悪しからぬが、父の前にて、人と物言ふとて、史書の文《もん》を引きたりし、賢《さか》しくは聞えしかども、尊者《そんじや》の前にてはさらずともと覚えしなり。

またある人のもとにて、琵琶法師の物語を聞かんとて琵琶を召し寄せたるに、柱《ぢう》の一つ落ちたりしかば、「作りてつけよ」と言ふに、ある男の、中に悪しからずと見ゆるが、「古き柄杓《ひさく》の柄《え》ありや」など言ふを見れば、爪《つめ》を生《お》ほしたり。琵琶など弾くにこそ。盲法師《めくらほふし》の琵琶、その沙汰にも及ばぬことなり。道に心得たる由にやと、かたはらいたかりき。「柄杓の柄は、檜物木《ひものぎ》とかやいひて、よからぬ物に」とぞある人仰せられし。

若き人は、少しのことも、よく見え、わろく見ゆるなり。

【第二百三十三段】

よろづの咎あらじと思はば、何事にもまことありて、人を分かず、うやうやしく、言葉少からんには如《し》かじ。男女老少《なんによらうせう》、皆さる人こそよけれども、ことに若くかたちよき人の、言《こと》うるはしきは、忘れがたく、思ひつかるるものなり。

よろづの咎は、馴れたるさまに上手《じやうず》めき、所得《ところえ》たる気《け》色《しき》して、人をないがしろにするにあり。

【第二百三十四段】

人の、物を問ひたるに、知らずしもあらじ、ありのままに言はんはをこがましとにや、心惑はすやうに返事《かへりごと》したる、よからぬことなり。知りたることも、なほさだかにと思ひてや問ふらん。またまことに知らぬ人も、などかなからん。うららかに言ひ聞かせたらんは、おとなしく聞えなまし。

人はいまだ聞き及ばぬことを、我が知りたるままに、「さても、その人のことのあさましさ」などばかり言ひやりたれば、「いかなることのあるにか」と、押し返し問ひにやるこそ、心づきなけれ。世にふりぬることをも、おのづから聞きもらすあたりもあれば、おぼつかなからぬやうに告げやりたらん、あしかるべきことかは。

かやうのことは、もの馴れぬ人のあることなり。

【第二百四十段】

しのぶの浦の蜑《あま》の見るめも所せく、くらぶの山も守《も》る人しげからんに、わりなく通はん心の色こそ、浅からず、あはれと思ふふしぶしの忘れがたきことも多からめ、親はらから許して、ひたふるに迎へ据ゑたらん、いとまばゆかりぬべし。

世にありわぶる女の、似げなき老法師《おいぼふし》、あやしの吾妻《あづま》人《びと》なりとも、にぎははしきにつきて、「さそふ水あらば」などいふを、仲人《なかうど》、何方《いづかた》も心にくきさまに言ひなして、知られず、知らぬ人を迎へもて来たらんあいなさよ。何事をかうちいづる言の葉にせん。年月のつらさをも、「分け来し葉山《はやま》の」などもあひ語らはんこそ、尽きせぬ言の葉にてもあらめ。

すべて、よその人の取りまかなひたらん、うたて心づきなきこと、多かるべし。よき女ならんにつけても、品《しな》下り、見にくく、年も闌《た》けなん男は、かくあやしき身のために、あたら身をいたづらになさんやはと、人も心劣りせられ、我が身は、向ひゐたらんも、影恥づかしく覚えなん。いとこそあいなからめ。

梅の花かうばしき夜の朧月《おぼろづき》にたたずみ、御垣《みかき》が原《はら》の露分け出でん有明の空も、我が身さまに偲ばるべくもなからん人は、ただ、色好まざらんには如《し》かじ。

【第二百四十一段】

望月《もちづき》の円《まと》かなることは、しばらくも住《ぢゆう》せず、やがて欠けぬ。心とどめぬ人は、一夜《ひとよ》の中にさまで変るさまも見えぬにやあらん。病《やまひ》の重《おも》るも、住する隙《ひま》なくして、死期《しご》既に近し。されども、いまだ病急ならず、死におもむかざるほどは、常住平生《じやうぢゆうへいぜい》の念に習ひて、生《しやう》の中に多くのことを成《じやう》じて後、閑《しづ》かに道を修《しゆ》せんと思ふほどに、病を受けて死門に臨む時、所願《しよぐわん》一事も成ぜず。言ふかひなくて、年月《としつき》の懈怠《けだい》を悔いて、この度、若《も》し立ちなほりて命を全《また》くせば、夜を日につぎて、このこと、かのこと、怠らず成じてんと願ひを起すらめど、やがて重りぬれば、我にもあらず取り乱して果てぬ。この類《たぐひ》のみこそあらめ。このこと、まづ人々急ぎ心に置くべし。

所願を成じて後、暇《いとま》ありて道に向はんとせば、所願尽くべからず。如幻《によげん》の生の中に、何事をかなさん。すべて所願皆妄想《まうざう》なり。所願心に来らば、妄心迷乱《まうしんめいらん》すと知りて、一事をもなすべからず。直《ただち》に万事を放下《はうげ》して道に向ふ時、さはりなく、所作《しよさ》なくて、心身《しんじん》ながく閑《しづ》かなり。

【第二百四十二段】

とこしなへに違順《ゐじゆん》に使はるることは、ひとへに苦楽のためなり。楽といふは、好み愛することなり。これを求むること、やむ時なし。楽欲《げうよく》する所、一つには名なり。名に二種あり。行跡《かうせき》と才藝《さいげい》との誉《ほまれ》なり。二つには色欲《しきよく》、三つには味《あぢは》ひなり。よろづの願ひ、この三つには如《し》かず。これ、顚倒《てんだう》の想《さう》より起りて、若干《そこばく》の煩ひあり。求めざらんには如かじ。

【第二百四十三段】

八つになりし年、父に問ひて云はく、「仏は如何《いか》なるものにか候《さうら》ふらん」といふ。父が云はく、「仏には、人の成りたるなり」と。また問ふ、「人は何として仏には成り候ふやらん」と。父また、「仏の教によりて成るなり」と答ふ。また問ふ、「教へ候ひける仏をば、何が教へ候ひける」と。また答ふ、「それもまた、先の仏の教によりて成り給ふなり」と。また問ふ、「その教へ始め候ひける、第一の仏は、如何なる仏にか候ひける」といふ時、父、「空よりや降りけん。土よりや湧きけん」と言ひて笑ふ。

「問ひつめられて、え答へずなり侍りつ」と、諸人《しよにん》に語りて興じき。

参考文献

『新版　徒然草』小川剛生　角川ソフィア文庫
『徒然草　全訳註（一）～（四）』三木紀人　講談社学術文庫
『兼好法師　徒然草』稲畑耕一郎　イーストプレス
『方丈記　徒然草』佐竹昭広・久保田淳校注　新日本古典文学大系
『徒然草をどう読むか』島内裕子　放送大学叢書
『徒然草文化圏の生成と展開』島内裕子　笠間書院
『兼好法師』丸山陽子　コレクション日本歌人選（笠間書院）
『正徹物語』小川剛生校注　角川ソフィア文庫
『猫の古典文学誌　鈴の音が聞こえる』田中貴子　講談社学術文庫
『国語国文学研究』「卜部兼好伝批判―「兼好法師」から「吉田兼好」へ」小川剛生
『国語教育史研究』「明治期における『徒然草』の教材評価に関する考察」田村信平
『徒然草 REMIX』酒井順子　新潮社
『人生はニャンとかなる』水野敬也、長沼直樹　文響社

古文校正校閲、コラム執筆

岩田久美加（国立秋田工業高等専門学校講師・早稲田大学日本古典籍研究所招聘研究員）

写真

表紙	Oksana Kuzmina/Shutterstock.com
序段	vvvita/Shutterstock.com
第3段	kuban_girl/Shutterstock.com
第4段	Tony Campbell/Shutterstock.com
第8段	Vaclav Volrab/Shutterstock.com
第9段	VP Photo Studio/Shutterstock.com
第15段	Ferenc Szelepcsenyi/Shutterstock.com
第20段	Andrey_Kuzmin/Shutterstock.com
第35段	Andrey_Kuzmin/Shutterstock.com
第37段	Rigorosus/Shutterstock.com
第39段	Eric Fahrner/Shutterstock.com
第49段	S_E/Shutterstock.com
第56段	Ermolaev Alexander/Shutterstock.com
第78段	Photo-SD/Shutterstock.com
第85段	Cranach/Shutterstock.com
第89段	Okeanas/Shutterstock.com
第92段	Aynur_sib/Shutterstock.com
第98段	liveostockimages/Shutterstock.com
第108段	kuban_girl/Shutterstock.com
第110段	DavidTB/Shutterstock.com
第113段	WilleeCole Photography/Shutterstock.com
第116段	ben44/Shutterstock.com
第117段	Tom Feist/Shutterstock.com
第120段	tankist276/Shutterstock.com
第121段	Susan Schmitz/Shutterstock.com
第126段	Vincenzo Iacovoni/Shutterstock.com
第127段	Gladkova Svetlana/Shutterstock.com
第128段	Photo-SD/Shutterstock.com
第129段	Kachalkina Veronika/Shutterstock.com
第131段	Andrey_Kuzmin/Shutterstock.com
第140段	Okssi/Shutterstock.com
第150段	Oksana Kuzmina/Shutterstock.com
第151段	Antlio/Shutterstock.com
第157段	George Spade/Shutterstock.com
第164段	Ermolaev Alexander/Shutterstock.com
第166段	PIXTA
第167段	Linn Currie/Shutterstock.com
第168段	Ermolaev Alexander/Shutterstock.com
第170段	Veda J Gonzalez/Shutterstock.com
第172段	guruXOX/Shutterstock.com
第175段①	sarkao/Shutterstock.com
第175段②	PIXTA
第187段	jon gallastegui emaldi/Shutterstock.com
第188段	Tony Campbell/Shutterstock.com
第189段	jorge pereira/Shutterstock.com
第190段	Ilona Koeleman/Shutterstock.com
第191段	Africa Studio/Shutterstock.com
第192段	PIXTA
第193段	Angela Waye/Shutterstock.com
第194段	Martina Osmy/Shutterstock.com
第211段	Rita Kochmarjova/Shutterstock.com
第212段	NataliyaF/Shutterstock.com
第217段①	JStaley401/Shutterstock.com
第217段②	DarkBird/Shutterstock.com
第232段	Telekhovskyi/Shutterstock.com
第233段	Martina Osmy/Shutterstock.com
第234段	Rita Kochmarjova/Shutterstock.com
第240段	TNPhotographer/Shutterstock.com
第241段	night_cat/Shutterstock.com
第242段	Pakhnyushchy/Shutterstock.com
第243段	TunedIn by Westend61/Shutterstock.com
	elwynn/Shutterstock.com

人生《じんせい》つれづれニャるままに　兼好法師《けんこうほうし》

2015年10月10日　第一刷発行

編者……講談社《こうだんしゃ》ビーシー
発行者……川端下誠／峰岸延也
編集発行……株式会社　講談社ビーシー
〒112-0013
東京都文京区音羽1-2-2
電話　03-3943-6559（書籍出版部）
発売発行……株式会社　講談社
〒112-8001
東京都文京区音羽2-12-21
電話　03-5395-4415（販売）
電話　03-5395-3615（業務）
印刷所……豊国印刷株式会社
製本所……株式会社　国宝社
ISBN978-4-06-219748-9
©講談社ビーシー／講談社　2015 Printed in Japan

本書のコピー、スキャン、デジタル化等の無断複製は著作権法上での例外を除き、禁じられています。本書を代行業者等の第三者に依頼してスキャンやデジタル化することはたとえ個人や家庭内の利用でも著作権法違反です。落丁本、乱丁本は購入書店名を明記のうえ、講談社業務宛にお送りください。送料は小社負担にてお取り替えいたします。なお、この本についてのお問い合わせは講談社ビーシーまでお願いいたします。定価はカバーに表示してあります。